OUBLIER LA NUIT

JEAN-PAUL MARI

OUBLIER LA NUIT

BUCHET • CHASTEL

ISBN : 978-2-283-03468-2

À mon père.

Ce que l'on apprend au milieu des fléaux,
c'est qu'il y a dans les hommes
plus à admirer qu'à mépriser.

ALBERT CAMUS,
La Peste.

Alger, jour de Saint-Valentin

Je suis né dans une tombe. Pas un simple trou pioché dans la terre, mais une chambre rectangulaire toute blanche avec des murs passés à la chaux, un carrelage sanitaire où mon père était couché, nu, sur une dalle de marbre, enroulé dans un drap blanc. Il avait l'air détendu. Et je ne comprenais pas pourquoi on lui avait serré la mâchoire avec une bande de gaze, il n'était pas homme à dormir bouche ouverte. Quand je l'ai embrassé, il avait la peau tiède et j'ai compris qu'il était mort. Abattu d'une balle de gros calibre dans le dos pendant qu'il changeait la roue de la voiture familiale, une vieille Simca Aronde Châtelaine bleue, un pneu crevé par les tueurs qui guettaient.

Quatorze février de l'hiver 1962. La grève générale paralysait la ville, laissant libre cours à la compétition à laquelle se livraient les commandos adverses du FLN et de l'OAS. L'un tuait des « Européens » et l'autre des « Arabes ». Des civils, bien sûr. Plus facile. Pas la peine de vérifier leur identité, plus besoin d'un délit de faciès, juste un délit d'apparence. Face au canon des assassins, mon grand-père Joseph, emporté par une logique naïve, avait protesté : « Arrêtez ! Vous vous trompez... c'est mon fils ! » Il a reçu deux balles de calibre 11.43, une dans son bras tendu, l'autre en plein foie qui l'a conduit sous la tente à oxygène où il agonise depuis son arrivée ce matin.

Il m'avait fallu attendre pour être seul avec mon père. Ma mère, entrée avec moi, avait dit les bêtises qu'on dit dans ces cas-là : « Mon Dieu, Pierre, comme tu es grand ! » Oui, un mètre quatre-vingt-quatre, mon père était grand et fort. Là, il était grand et mort. Ses pieds et sa tête frôlaient les extrémités de la table en marbre. Un voile noir enveloppait ma mère. On m'a dit qu'elle n'en portait pas, mais moi je l'ai vu. Un ouragan de détresse qui tournoyait dans la tombe autour de la dalle blanche. Maman occupait tout l'espace de la douleur, se lamentant bruyamment comme ces pleureuses au chevet des héros grecs. Un grand oiseau à plumes noires qui battait des ailes, planant au-dessus de moi, virevoltant autour du corps de mon père, mettant des mots et des larmes là où je n'aurais voulu que du vide et du creux. Sa douleur m'embarrassait. Jusqu'à ce qu'une main compatissante vienne l'extraire de la pièce.

Je savais ce qu'il y avait de l'autre côté. Derrière cette porte se trouvait la salle commune de la morgue de l'hôpital Mustapha d'Alger où s'entassaient les familles endeuillées. Et sur le sol, bien alignés, parallèles ou en quinconce, rangés au plus près pour gagner de l'espace, des corps qu'il fallait enjamber avec précaution, enveloppés dans des draps blancs, maculés de sang, taches claires pour les derniers arrivés, foncées pour ceux du petit matin.

Dehors, voilà des semaines que la course aux trophées battait son plein. La morgue explosait. Ceux de la veille avaient dû céder la place. Je l'ai noté quand un employé a ouvert une des portes de ce qui ressemblait à un grand frigo. Les morts anciens étaient là, debout, à la verticale, roidis par le froid, dans des grands sacs plastique suspendus à un crochet en fer. Le tableau d'une boucherie en pleine activité, le frais en vitrine, la réserve au congélateur. On aurait pu les débiter, comme le faisait pour les moutons notre voisin boucher kabyle, que cela ne m'aurait pas étonné davantage.

Chaque matin, je passais devant son échoppe. Il avait déjà relevé le rideau de fer et accroché ses moutons frais écorchés, pattes en haut, tête en bas, les globes de leurs yeux sans paupières à hauteur des miens.

Un jour, en sortant de chez moi, je n'ai rien vu, sinon le rideau de fer tordu et calciné, retroussé par l'une des explosions de la nuit, une montagne de verre brisé sur le trottoir et des crochets sans mouton. Une nuit de plus d'attentats, une « nuit bleue » selon la radio. Un nom qui sonnait faux, le bleu ne fait pas ce bruit-là.

Heureusement, seul avec mon père, ne subsistaient que le silence et la douceur du linceul, les murs chaulés de frais et le marbre immaculé. Le grand oiseau noir maternel s'était envolé. Je ne comprenais pas. Quand je marchais à côté de mon père dans la rue, ou plutôt derrière lui, il me fallait souvent courir pour rattraper ce géant chaussé de bottes de sept lieues. Là, il restait immobile. Le monde avait basculé. Une main inconnue avait coupé mon ciel en deux. Il y avait désormais l'avant et l'après.

Avant, c'était la vie qui ne se regardait pas vivre, le désir brut, les gâteaux arabes parfumés à la fleur d'oranger et dégoulinants de miel, le football dans les terrains vagues, le soleil sur le corps poudré de sable brûlant, les baignades partout où les vagues caressaient la grève, les bagarres partout où nous inventions un champ de bataille, le sel marin, la sueur, les plaies et les bosses, les cris exaspérés de maman le soir à mon retour, le mercurochrome sur les écorchures, les urgences de l'hôpital Parnet quand mon poing avait raté la mâchoire de mon adversaire, mais pas la vitre derrière lui, les agrafes en acier serrant la plaie ouverte, la grande brosse de crin et le savon noir pour récurer le salopiaud debout dans l'évier qui, pour une fois, braillait à juste titre.

Et toujours, le sourire bienveillant de mon père, bonhomme de sucre solide, qui supportait sans broncher les hurlements de ma mère et la noria de ses trois garçons dont j'étais l'aîné, donc le plus turbulent. Avant, c'était l'enfance, celle qu'on prend le temps d'oublier quand on prend le temps de devenir grand.

Si l'enfant était mort, est-ce que l'autre, celui qui viendrait après, allait pourrir sur pied ? Condamné à n'être qu'un enfant de fantôme, le fils de la veuve de guerre, le pupille de la nation, l'éternel orphelin. Une victime à perpétuité. Est-ce que sa tombe serait ma tombe ?

Je venais de perdre mon père le jour même où mon père perdait le sien. Nous avions l'air malin tous les deux, les bras en croix, à implorer : « Père, père, pourquoi m'as-tu abandonné ? » Dans les guerres, ce sont les parents qui enterrent leurs enfants. Blasphème. Un coup à perdre la foi.

Pour l'heure, j'étais comme lui, inerte et silencieux. Je ne pleurais pas. Gémir n'était pas de mise. Je n'avais plus à me presser pour le rattraper, mais il ne me souriait plus. Cela ne nous ressemblait pas. L'enfant avait vécu. On aurait dû le suspendre avec les autres à un crochet de fer dans le congélateur de cet hôpital Mustapha d'Alger. Après avoir gravé mon nom, ma date de naissance et mon âge – onze ans et demi – à côté de celui de l'assassiné.

Quelle idée saugrenue tout de même de se faire crucifier à l'âge christique de trente-trois ans, un jour de Saint-Valentin, fête des amoureux. Incongrus, les joues bouffies et le cul rose de Cupidon, avec son arc qui tire de travers, prétend enflammer un cœur et ne fait que le transpercer. Plus tard, chaque fois que je m'efforcerais d'offrir une rose rouge un quatorze février à une femme j'aurais l'impression de trahir ma mère pour m'être conformé aux usages de cet angelot de carton-pâte incapable de viser droit.

À Alger, ce jour-là, l'amour était en grève, pas la haine. J'étais né à l'envers, bébé vieilli soudain écrasé par la masse du corps de son géniteur, incapable de réaliser ce qui lui arrive. Je ne pouvais pas savoir que cet instantané, dans cette chambre noire et lumineuse, allait déterminer ma vie.

Au fait, qu'est-ce qui venait de m'arriver ? Sinon la rencontre, somme toute banale, avec la violence, la douleur et la mort. Je n'étais qu'un petit paquet de plus sur l'étagère surchargée des « victimes ». Une chose qui subit, un bouchon sur l'eau, un objet.

Pour redevenir sujet, je devrais me débarrasser de ces oripeaux. Il fallait me remettre droit, comprendre ce qui m'avait frappé sans prévenir, explorer cette chose, oui, la *chose* cachée derrière tout cela, cette force noire, mystérieuse, sans visage et sans voix.

Pour l'heure, je n'étais que médusé. Une bouche ouverte, sans une larme, un cri silencieux à la Munch. Plus de mots, seulement une image, absurde, celle d'un linceul blanc au fond d'une catacombe. Je ne le savais pas encore mais il me faudrait toute une vie d'adulte, un livre entier, pour trouver un sens à ce chaos primaire. Pas à pas, étape par étape, chapitre par chapitre. Dans un combat intérieur permanent aux allures de désordre programmé. Avant de parvenir, bien plus tard, à en faire le récit.

Ce n'est pas le genre de quête que l'on peut mener à temps perdu, en amateur. Une vie suffit à peine. J'étais né dans la guerre, elle serait mon terrain d'enquête. Je ne disposais pas d'une méthode exacte, disons plutôt un manque de méthode, une forme de frénésie qui allait me propulser tout autour du globe avec un appétit insatiable, à la recherche perpétuelle des extrémités du monde, un kaléidoscope de pays en guerre, ballotté d'un drame humain à un autre, d'une catastrophe à l'autre. Un parcours chaotique – accrochez-vous ! – et pourtant tracé droit.

Les Grecs anciens disaient qu'un homme doit accomplir son destin de mortel. Soustraire l'homme au destin, c'est le livrer au hasard. Je ne savais pas quel serait le chemin à suivre. Je ne savais même pas qu'il y avait un chemin.

Je ne me doutais pas que tout ce que je croirais plus tard avoir décidé, en homme libre, venait d'être tracé là, par un doigt invisible dans la poussière crayeuse d'une tombe. Où que je sois, quoi que je fasse, dans le paquebot qui m'emmènerait loin de l'Algérie ma terre sauvage, jusqu'à un hôpital toulousain ou une rédaction à Paris, dans la rue d'une ville inconnue, au bras d'une femme ou sur un ring de boxe, assis le nez collé au hublot de centaines d'avions, à pied sur la ligne verte de Beyrouth ou à Bagdad sur l'Euphrate, dans Jérusalem la maudite ou Sarajevo l'assiégée, dans les banlieues obscures de l'islam, au cœur d'une forêt d'Amazonie ou des charniers du Rwanda, je n'aurais pas d'autre choix que de chercher encore et encore à résoudre la même énigme de l'ombre. Et à chercher la lumière.

« Nous nous représentons l'avenir comme un reflet du présent projeté dans un espace vide, a écrit Marcel Proust, tandis qu'il est le résultat, souvent tout prochain, de causes qui nous échappent pour la plupart ». Je ne lisais pas Proust, mais les aventures de Davy Crockett et de Battler Britton. À vrai dire, je ne savais rien. Moi, l'enfant qui venait juste de rendre son dernier souffle, et l'adulte à peine de naître. Dans une tombe baignée d'ombre et de lumière.

Paris, printemps 2020

Les rues de Paris sont désertes ce matin. Le pays s'est autoconfiné, une sorte de couvre-feu sans guerre. Un homme, un seul, a réussi à mettre la planète au tapis. Petit paysan chinois crasseux de Wuhan promu grand maître de la force, il lui a suffi de grignoter, un jour de marché, une aile de chauve-souris gâtée par un coronavirus mutant « made in China » pour abîmer l'économie mondiale dans le fracas de nos certitudes.

Subséquemment à l'effet covid chinois, mon scooter italien grille en toute impunité les feux tricolores qui clignotent dans le vide parisien. Il pleut. Les grilles du parc des Buttes-Chaumont sont verrouillées, les pigeons de la rue, dérangés, me regardent de travers, un SDF tend la main à la recherche de survivants, l'avenue Jean-Jaurès pleure les embouteillages du passé et la porte de Pantin marque toujours la frontière entre la ville nantie et les banlieues.

Confinement, couvre-feu, ne manque qu'un check-point. D'ailleurs, le voilà, signalé par le gyrophare d'une voiture de police en travers du chemin et quatre hommes masqués, en gilets pare-balles, qui cèdent le passage en voyant mon laissez-passer du SAMU. J'accélère sur l'interminable boulevard qui passe sous le tunnel de Pantin, vire sec à gauche dans la rue de l'Abbé-Pierre donnant sur la rue de la Prospérité, ironique raccourci qui aboutit devant l'hôpital Avicenne à Bobigny, où je vais passer deux mois.

Je connais bien ce creux à l'estomac avant chaque reportage, mélange d'excitation et de peur de faillir. Toujours ce doute ! L'aventure paraît pourtant sans grand risque. Il s'agit de vivre la crise sanitaire, au cœur du SAMU dans un hôpital du département de Seine-Saint-Denis, le plus pauvre et le plus criminogène de France. Pas question de jouer les touristes de passage, le temps d'un article, trois petites pages et puis s'en va. J'ai décidé de suivre la courbe de l'épidémie, en immersion, du début à la fin, de l'hécatombe en cours jusqu'au cessez-le-feu et le retour à une paix durable, comme disent les diplomates pressés de retrouver Madame à la maison.

Certes, il y aura des blessés et des morts, de la souffrance et du désespoir, une odeur de sang, d'urine et d'éther, mais pas de balles ni d'obus, et des médecins bienveillants à la place de miliciens avinés. Vivre, enfin, avec des soignants, sans être entouré, comme d'habitude, de psychopathes armés, rassurant, non ? Pourtant, j'ai mal dormi. Quarante ans de reportage et toujours un trac fou ! J'aimerais bien comprendre ce qui me remue à chaque fois comme un puceau du journalisme face à la nudité d'une dame du métier.

Voilà l'entrée d'Avicenne. Derrière la barrière blanche et rouge, un vigile africain frigorifié dans sa guérite pointe une forêt de panneaux indicateurs à travers le dédale des bâtiments. Le SAMU est tout au fond, à droite, trajectoire épousant les courbes mauresques dessinées en 1935 pour cet hôpital qualifié alors de « franco-musulman ».

Seul point commun avec mes reportages, je n'ai pas le droit d'être ici. Tout s'est joué en quarante-huit heures. Il a suffi d'un coup de fil à Frédéric, un ami, professeur-urgentiste. Il a dit oui, tout de suite, sans hésiter, malgré l'absence d'autorisation officielle. Au ministère, on veut bien vous autoriser à plonger le petit doigt dans le bain hospitalier, mais pas à tenir un journal au cœur de la crise. Je suis un clandestin, une fois de plus. Pas en terre étrangère, mais dans la capitale de mon propre pays. Un étranger en situation irrégulière à domicile. Au risque de me faire repérer par l'Administration, expulser et voir mon projet avorter. J'en tremble. Toujours cette peur de faillir, de me faire démasquer. Avouons-le, je souffre du syndrome de l'imposteur.

Le défi, cette fois, est de signer une chronique quotidienne dans un quotidien national tout en demeurant anonyme. Être là et se faire oublier, glisser, transparent. Tout voir, tout vivre, raconter et s'en aller : le secret du travail bien fait. Surtout ne pas se faire contaminer par cette saleté de virus, tomber malade, se retrouver hors circuit, toujours à l'hôpital certes, mais du mauvais côté. En reportage ou en amour, rien de pire que les histoires inachevées.

Ah, cette porte du rez-de-chaussée qui ne s'ouvre pas ! Commence mal. Devant l'entrée du SAMU, mon badge à la main, j'ai l'air d'un con. Aussi timide que le gamin d'autrefois qui hésitait sur le seuil de l'Hôtel-Dieu à Toulouse, sa blouse blanche toute neuve sous le bras. J'avais vingt ans, j'allais devenir kinésithérapeute. C'était mon premier stage.

« Pas besoin de badge. Le verrouillage est en panne... » Pardon ? L'infirmière d'Avicenne pousse la lourde porte qui se referme derrière nous en faisant trembler les murs du rez-de-chaussée. Devant moi, un immeuble sans âme, une architecture intérieure des années 1970, façon Beaubourg, et un mobilier sans doute pillé sur un Concorde désossé. Des murs couverts d'une peinture d'un vert boueux écaillé, une rangée de sièges-avion défoncés en guise de salle d'attente, un ascenseur lui aussi en panne et un escalier en spirales si serrées qu'on croit emprunter l'issue de secours.

J'enfile une blouse blanche à même la peau, chausse des sabots blancs, me lave soigneusement les mains, gestes oubliés qui me reviennent avec un goût de madeleine. Le tissu de cotonnade blanche un peu rêche, mille fois taché, lavé, bouilli, désinfecté, a conservé l'odeur singulière de l'hôpital, à la fois fétide et parfumée, imprégnée dans ma mémoire.

Le coronavirus flotte dans l'air englué des couloirs. S'il avait une consistance, les soignants ressembleraient à des pêcheurs de morue dans la brume d'Islande. En réanimation, le hall unique, salle des opérations, donne sur vingt-quatre box tout autour. Dans chaque compartiment, le cliquetis du moniteur et le souffle rauque du respirateur. Et, sur les lits, des hommes et des femmes, la tête inclinée sur le côté, Christ en croix. L'un d'eux est étrangement installé, tout droit, en position verticale.

La nuit, le jour, le ciel dehors, l'insolence du premier soleil du printemps ou la brume de froid, la fatigue, peu importe. Ici, la météo ne tient compte que des flux respiratoires.

Dans un angle du hall de réanimation, deux femmes attendent, sur une chaise, masque sur le visage, le nez collé contre la vitre d'un box. De l'autre côté, une femme institutrice de cinquante-trois ans, trop lourde, asthmatique depuis l'enfance, plus un cancer du sein, qui attendait une troisième chimiothérapie. Et là-dessus, la covid. Immobiles et silencieuses, les deux femmes, sa fille, sa sœur, vivent là, le visage collé à cette grande vitre. Elles guettent le moindre signe, regard tendu, comme si elles soutenaient l'agonisante de toute la force de leur esprit. Accrochées, comme elle, au rythme mécanique du respirateur artificiel. Un souffle.

Je sors. Jette mon masque, mon bonnet, ma blouse et me désinfecte. À la cantine, mon plateau est froid. Devant moi, j'ai deux femmes assises et un homme sanglé à la verticale. Que s'est-il passé à l'hôpital en un demi-siècle ?

À l'Hôtel-Dieu de Toulouse où j'ai été formé, le gravier en calcaire de mon bel hôpital avait été foulé par les pèlerins de Saint-Jacques. Des prêtres-carabins jusqu'aux médecins du XXe siècle, les hommes en blanc perpétraient la religion de la Santé publique. Ce bâtiment pisseux du SAMU d'Avicenne a des allures de ZAC de banlieue, de zone commerciale à l'abandon. Manque de moyens, manque de personnel, manque de lits, manque de respect, manque de tout. L'épidémie a surpris des urgentistes en grève permanente et le gouvernement doit désormais compter sur eux alors qu'il s'entêtait à ne compter que ses sous.

Nul besoin de chiffres, de statistiques, de rapports d'audit. Entre mon Hôtel-Dieu d'autrefois et l'actuel Avicenne, les deux cartes postales, à cinquante ans d'intervalle, en disent plus que toutes les expertises. Diagnostic sans appel : le système de santé français gîte tel un paquebot sur le point de sombrer.

Tout à l'heure, face à la porte vitrée du SAMU, j'ai hésité. Dans le miroir, j'ai considéré le visage de l'autre, le traître, celui qui vieillit plus vite que moi. Dans la vitre embuée, il ricanait. Être là, en blouse blanche, me procure une sensation de tournis. Je ne viens pas ici en soignant. Pourtant, je l'ai été. Entretemps, j'ai parcouru la planète souffrante sans la soigner, comme reporter, me contentant d'inscrire. Et me voilà de nouveau sur le point de pénétrer dans mon univers d'autrefois. Mes doigts se crispent en écrivant *autrefois*. Vertige du temps.

Ma mémoire derviche tourne sur elle-même. Et j'aimerais bien comprendre qui a lancé la toupie. Imprimé le premier élan.

Charlemagne, clochard et prophète

Marseille, mai 1962

C'est beau, la Méditerranée en couleur. Dans le train qui suit la côte de Marseille à Toulon, je regarde danser les coques blanches des voiliers. La mer bleu azur mousse sous une brise de printemps. La carte postale provençale est conforme. À huit cents kilomètres vers le sud, sur la côte opposée, l'Algérie que je viens de quitter s'en tenait au noir et blanc. Noir corbeau comme le voile de ma mère agrippée à ses gosses et ses valises, blanc crémeux comme le *Ville d'Alger*, un paquebot à la chantilly qui attendait de charger sa cargaison d'exilés.

Nous sommes restés bloqués toute une journée sur les quais. Sur la passerelle d'accès, le gendarme mobile qui contrôlait nos papiers a voulu faire un mot : « Alors, madame, vous partez en vacances en métropole ? » Ma mère a suffoqué : « Mais, monsieur, mon mari... »

Derrière nous, sur les hauteurs, Alger brûlait encore. Un reste de « nuit bleue » en plein jour, une ultime fournée pour la route, je te tue-tu me tues-par la barbichette-le dernier qui mourra... les adultes jouaient aux cow-boys et aux Indiens, comme nous dans les terrains vagues du quartier, à la nuance près qu'à l'heure de la soupe sonnée par le clairon maternel nos morts se relevaient d'un bond avec un appétit d'ogre.

Alger s'éloignait à grands coups de sirène. Accroché à la grille du port, Pépé le Moko, poignardé, rejouait la fin du film pour une dernière prise. Une traversée en fond de cale, des familles qui n'avaient jamais mis les pieds sur un bateau en proie au mal de mer, l'odeur gluante du gas-oil mêlée aux relents gras des cuisines, tout le monde vomissait à même le parquet. J'ai fini la nuit allongé sur le pont supérieur, les yeux dans les étoiles, entouré d'hommes, exilés vaincus qui fumaient en silence.

Dès l'arrivée, Marseille nous avait accueillis avec un bruit de trop-plein d'égout. Encore un navire de plus à caser. Et tous ces gueux, braillant un accent barbare, colonne d'exilés en désordre de marche vers la gare Saint-Charles. La France avait un haut-le-cœur en découvrant l'invasion, de quoi aujourd'hui vous renvoyer toute une famille Zemmour vers Constantine. Moi, pour un mois de mai, je trouvais le soleil froid. La même mer irradiait le même paysage, mais pas la même qualité de bleu dans le ciel. Nous avons rejoint notre foyer d'accueil, un reste de famille échouée sur une plage près d'Hyères.

Ma mère avait la compétence d'une assistante médicale acquise chez un médecin juif d'Hussein Dey. Pas le diplôme. Elle serait désormais femme de ménage, serveuse de restaurant ou petite soubrette, d'hôtel en hôtel. Jusqu'à ce qu'un chef cuistot, un patron ou son commis lui passe une main grasse sur les reins en appuyant son compliment : « Vous êtes jolie, Suzanne… »

Elle, elle finissait son service, rendait son tablier et cherchait aussitôt un nouvel emploi. *Not me !* Et nous déménagions. La Capte, Hyères, Saint-Raphaël, Nice, Hyères encore, je changeais de collège, au moins une fois par an, parfois deux, jusqu'à trois. L'Algérie m'avait déjà volé ma classe de sixième après que le bureau du directeur, fervent communiste, s'était retrouvé sur le trottoir, noirci par l'explosion. Maintenant, je sautais d'un programme à l'autre, n'apprenant rien de l'histoire de l'Égypte ancienne, mais déclamant trois fois dans la même année celle des Romains avec des professeurs différents.

Ma mère se levait dès cinq heures du matin, briquait la maison, préparait notre petit déjeuner, partait au travail après nous avoir embrassés comme si elle n'allait plus jamais nous revoir et ne revenait qu'à l'heure tardive du dîner, lavant et repassant jusque tard dans la soirée. Au matin, même les murs sentaient la javel. En l'attendant, nous organisions nos soirées de divertissement. Claude, le talentueux comique de la famille, avait réussi à se glisser sans payer dans la salle du cinéma du quartier et nous racontait chaque minute du dernier Louis de Funès avec un fou rire contagieux.

Mais quand je voyais ma mère rentrer plus tôt que d'habitude, bouche indignée et regard furieux, je savais qu'il allait falloir transformer mon cartable en valise. Aujourd'hui, sûr qu'elle mènerait le combat avec les autres femmes, contre les commis de cuisine, les contremaîtres, les fils de patrons ou les producteurs de carton-pâte. Suzanne, ma mère, mon héroïne anonyme sans titres de noblesse, est morte trop tôt, de tristesse et d'épuisement, pas de honte.

Les histoires d'amour finissent mal en général, les histoires d'amour absolu se terminent toujours en catastrophe. La fidélité donne de belles complaintes, des mélodrames qui vous tirent les larmes, mais vous condamnent, une fois le rideau retombé, à une vie de forçat des sentiments, la vie d'après. Ma mère avait grandi dans la rue, dans une famille à l'accent bruyant de Naples, orpheline de père à onze ans – une manie chez nous –, placée à l'âge de treize ans chez des bourgeois, devenue une adolescente éblouie par la rencontre, au bal du quartier, de ce beau jeune homme à l'air embarrassé qui ne savait pas danser. Mon père.

Elle n'avait pas fait ses humanités et faisait des fautes d'orthographe ; lui rêvait de devenir ingénieur du son et s'amusait à lui envoyer des mots d'amour en morse. Jolie carrière en vue compromise par les excès de mon grand-père Joseph, fils d'immigré des Baléares, chapeau mou et costume gris souris, bel homme grand amateur de femmes et de roulette au casino. Alors, ils s'étaient partagé les rôles. Mon grand-père coulait le magasin familial d'électroménager-télévision, et mon père lui évitait la faillite par un travail acharné. Adieu le morse !

Sur la photo de mariage, ma mère rayonne de bonheur, revanche éclatante sur un destin annoncé chagrin. Elle a vingt ans à ma naissance, l'homme de sa vie à son bras, un appartement, un nom, un horizon.

Après ne subsistent que l'absence, le deuil, trois garçons à nourrir et un océan d'angoisse qu'elle noyait sous un flot de paroles, ses mains sur nous pour rectifier la raie dans les cheveux, vérifier un bouton de chemise ou soigner une écorchure. Et les sanglots étouffés, la nuit, que j'écoutais, éveillé, au sixième étage de notre HLM, en surveillant le bord de la fenêtre de sa chambre où je l'avais retenue de justesse par le col de sa chemise de nuit, à l'aube d'un 14 février, jour de la Saint-Valentin.

« Tu es l'aîné, le chef de famille, protège ta mère et tes frères », avaient enjoint mes trois oncles, anciens républicains espagnols passés à l'OAS. Les protéger ? J'en étais bien incapable. Même si j'ai appris à accueillir, à huit heures précises, le défilé martial des huissiers qui brandissaient un papier bleu de « Saisie conservatoire » en parcourant solennellement l'appartement, relevant soigneusement la présence d'une télé déglinguée, une table et six chaises en formica, une armoire en bois brut et l'absence de machine à laver dont regorgeait le magasin de mon père. Tout était resté « là-bas ».

Sur les quais, au moment du départ, les grutiers algériens du FLN, croyant tenir leur revanche sur les colons, plongeaient les « cadres », les conteneurs en bois de déménagement, dans l'eau salée du port avant de les aligner sagement sur le pont du navire. Et, à l'arrivée en

« France », les dockers de la CGT les larguaient de haut sur le quai, achevant le travail, en signe de solidarité anticoloniale avec leurs camarades algériens.

Mon vélo, rouillé, était perdu.

Le premier été, j'avais vendu des glaces sur la plage de La Capte. Un casier en polystyrène expansé, un gros bloc de glace carbonique, quelques kilos d'esquimaux glacés rangés selon les parfums, vanille, fraise ou chocolat, trois kilomètres aller-retour, deux fois par jour. « Demandez Miko ! Chocolats glacés ! » Je surfais pieds nus sur le sable entre les touristes bien huilés, la sangle me sciait l'épaule, mais, le soir venu, je m'offrais un plongeon dans la Méditerranée, mon aquarium. Ruisselant, assis sur le sable encore chaud, mon esquimau préféré à la main, celui au Grand Marnier avec la cerise confite au sommet, j'étais le roi du monde.

En fin de semaine, je tendais, poitrine bombée, une enveloppe de billets de mille francs à ma mère qui les recevait en baissant la tête. Vendeur de glaces un été, de pralines horriblement sucrées le suivant, plongeur dans un restaurant, pompiste dans une station-service, vendeur-démonstrateur de pâte à ballons, ambulancier ou vendeur de journaux, tout était bon à prendre. L'été de mes treize ans, j'étais aide-tripier. Levé à cinq heures, je puais affreusement en rentrant à la maison, avec un passage obligatoire à l'eau javellisée chaque soir et un autre, deux fois par semaine, aux abattoirs de Toulon. Les tueurs étaient de braves gens qui me régalaient de steaks géants au Grand Restaurant des Abattoirs.

Pour me montrer à la hauteur, je les regardais sans broncher transpercer le crâne d'un bœuf au pistolet à pointe, grimacer en vidant une vache quand elle portait un veau, égorger un mouton d'une main sûre ou électrocuter un cochon dans une odeur de soies grillées. Pour les chevaux, il est vrai, le cœur me manquait. Ils déboulaient du camion à bestiaux, les yeux fous, les narines frémissantes, leurs belles robes baies en sueur, parcourues de grands frissons. Ils savaient. On les abattait vite et proprement, au pistolet, mais, au premier coup de couteau de l'équarrisseur, il me semblait qu'on balafrait un tableau de maître à grands coups de peinture rouge. « Tu t'y feras, petiot », disait mon patron pour me réconforter. Qu'en savait-il, le bougre ? J'avais mal pour les chevaux. J'avais mal aussi pour les hommes.

Les hommes. La première fois, c'était sur le chemin de l'école, un parcours balisé par les gisants suspendus de la boucherie kabyle d'Hussein Dey. Je descendais la rue de la République jusqu'à l'église de ma première communion. Le curé était un géant savoyard, chasuble bleue et godasses de montagne, qui ne tripotait pas les gamins, mais les reluquait pour dénicher parmi eux l'élu de Dieu. Je servais la messe en aube blanche deux fois par dimanche. Il me bourrait de cours de catéchisme et me pressait de questions sur les mystères de la foi. « Bien, bien… reviens dimanche et dis à ta mère que je vais te proposer au petit séminaire dès l'automne prochain. » Ma mère avait vacillé, prise entre l'appel du Très-Haut et la peur de perdre son tout-petit. La guerre allait trancher. Me privant du ciel et me condamnant au péché de chair.

Juste après l'église, je tournais le coin de la rue en fermant les yeux devant le magasin de gâteaux arabes pour résister à la gourmandise, cinquième péché capital – rien qu'un, mon père, s'il vous plaît, un seul ! –, longeais les murs blancs impressionnants de la « Minoterie de Narbonne » et filais droit sur la grande rue de Constantine qui traversait la ville jusqu'à mon collège. À mi-chemin, il y avait un moment pénible annoncé par une odeur de plus en plus prégnante, mélange d'ordures et de vinasse : « Charlemagne » le clochard n'était pas loin.

Je voyais sa masse énorme adossée au mur, enfouie sous les cartons de sa couche d'où émergeaient des jambes rouges et couvertes d'ulcères, un géant obèse, barbe de faune et cheveux fous, son éternel litron à la main, vomissant un flot continu de paroles prophétiques sur un monde qui ne voyait pas le chaos arriver. Tout le monde connaissait Charlemagne, empereur barbu régnant sur son royaume de carton. En passant devant lui, j'accélérais le pas, fuyant la pestilence, sans pouvoir m'empêcher de jeter un regard fasciné sur l'horreur du spectacle de cette créature, mi-homme, mi-bête, qui reniflait sa fin.

Ce matin-là, je n'ai rien humé, l'air était muet et, à l'endroit précis du rendez-vous, le trottoir vide, lavé, sans âme, privé de son infernal locataire. Étrangement,

Charlemagne a commencé à me manquer. Pour la première fois, il m'inquiétait vraiment.

La disparition de Charlemagne a précédé de peu l'attentat au plastic contre le bureau du directeur communiste. Le soir, sur le chemin du retour, je marchais sur le trottoir, mon cartable à la main, à quelques pas derrière un « Arabe », un ouvrier aux cheveux blancs, en bleu de travail, sa gamelle en fer-blanc sous le bras, qui revenait sans doute des « Moulins » de l'usine. J'ai vu une 4 CV blanche freiner brusquement à quelques mètres du magasin de mon père, juste après la vitrine des jouets de Noël. Un jeune homme en caban et lunettes sages d'étudiant est descendu de la voiture, s'est approché du vieil ouvrier et a tendu le poing à hauteur de sa tête. J'ai entendu une explosion. Et la 4 CV a redémarré en trombe.

Sur le sol, à hauteur de la tête de l'Arabe, une tache rouge s'élargissait, glissant lentement sur elle-même, jusqu'à recouvrir tout le dallage vers le caniveau. Plus un bruit, le silence, la rue déserte, la forme bleue allongée, le gris métallique de sa gamelle en fer-blanc près de sa main et moi, tout étonné de constater quelle quantité de sang pouvait contenir la tête d'un petit homme.

La deuxième fois – mais je ne sais pas si celle-ci peut-être comptée –, je longeais un fossé recouvert d'asphodèles blancs. Au fond, il y avait une forme. À la hauteur du cou, une large ouverture faisait une seconde bouche, ouverte, démesurée. Les herbes dissimulaient le corps. Seule la plaie de l'égorgé brillait au soleil. Homme ou animal, je n'ai jamais su. J'ai manqué de courage et passé mon chemin.

La troisième fois, voilà longtemps que l'école avait fermé. Mes frères et moi tournions comme des fauves en cage dans l'appartement, à construire des cabanes de draps. Encore une journée de grève générale, ordonnée cette fois par le FLN, pour qui ceux qui travaillaient ce jour-là étaient considérés comme des traîtres à la cause suprême. Le nouvel appartement disposait d'un balcon dont ma mère nous défendait l'usage depuis que l'épicerie d'en face, sous l'effet d'une charge de plastic, était montée sous nos yeux à hauteur du quatrième étage.

Je bravais régulièrement l'interdiction pour pouvoir respirer, accoudé à la rambarde, l'œil sur le spectacle navrant du terrain de football abandonné au pied de l'immeuble. Quand le camion-poubelle municipal a remonté la rue, je n'ai rien perdu de l'attraction du jour. Le camion tout neuf, l'Européen au volant, l'employé arabe juché sur la benne, un autre, plus jeune, au pied du véhicule, et les ordures à collecter. Et cet algérien, venu de nulle part, qui court au petit trot, stoppe à la hauteur de l'ouvrier à l'arrière du camion, lève son bras, fait feu et repart au même rythme tranquille après avoir lâché un dernier coup qui étoile le pare-brise.

L'instant d'après, je dévalais l'escalier. La victime, à plat ventre, embrassait le sol de ses mains dans une drôle de prière. Sur son visage, une fine moustache et un air étonné. La tache s'étalait autour de la tête. La même quantité de sang que le vieil ouvrier. Je me suis dit que l'âge ne comptait pas. Des militaires, pressés, eux, sont arrivés en trombe. Des soldats appelés du contingent, visages pâles d'adolescents du nord morts de trouille, à la recherche d'éventuels témoins. Moi, m'sieur !

Un voisin du quartier m'a broyé l'épaule : « Toi, petit, tu n'as rien vu. Rien du tout. » L'omerta comme une protection, un attribut de mâle virilité, la marque de l'appartenance au clan des initiés, de ceux qui savent, mais ne disent rien. FLN contre OAS, Européens contre Arabes, grévistes contre non-grévistes, je te tue-tu me tues, les adultes avaient de drôles de jeux qu'ils ne voulaient même pas raconter.

J'en arrivais à regretter mon école où les règles étaient certes brutales, mais plus claires. Je regrettais surtout Brahim, mon copain fils d'épicier mozabite, un gros garçon débonnaire avec qui on partageait les devoirs et les dattes fourrées. Un jour, il m'avait mal parlé. Mon coup de poing lui avait laissé le nez en sang, simple formalité obligée de notre bande de sauvages. Le lendemain, l'école était fermée. Je n'ai plus jamais revu mon copain Brahim. On a grandi fâchés. Je m'en suis toujours voulu. Une nuit, j'ai même rêvé que je le trouvais allongé à plat ventre sur le chemin de l'école, son cartable à la main, la tache rouge de son nez qui s'élargissait sans fin sur le trottoir.

Depuis l'indépendance de l'Algérie et mon arrivée au port de Marseille, le monde avait changé, tout simplement. Un grand chamboulement. La rue, par exemple.

Ici, les voitures roulaient au pas, s'arrêtaient au feu rouge, vitres baissées. Les gens ne rasaient pas les murs, ils déambulaient tête en l'air et mains dans les poches, sans même jeter un coup d'œil derrière eux. Moi, si quelqu'un me suivait, je m'agenouillais brusquement pour relacer mon soulier gauche, jambe droite bien tendue, prêt à détaler si l'inconnu ne passait pas son chemin. Et quand le pot d'échappement d'une voiture pétaradait – pan-pan-pan – mon premier réflexe était de me jeter à plat ventre dans le caniveau. À l'approche de la nuit, entre chien et loup, je fuyais les deux pour me réfugier à la maison où ma mère se tordait déjà les mains d'angoisse. Eux, non.

Ils traînaient, buvaient une citronnade ou un pastis à la terrasse des cafés en regardant la nuit tomber. Vous auriez pu abandonner un gros sac de sport sous leurs yeux, avec un gros réveil qui faisait tic-tac, ils auraient continué à sucer leurs glaçons anisés sans broncher. Des gosses ! Ces gens-là écoutaient à peine la radio, sauf pour connaître la météo sans surprise du lendemain – « une France coupée en deux, nuages au nord de la Loire, grand soleil au sud » – qui précisait la température de l'eau de mer et la force du vent pour les plaisanciers.

Bon, d'accord, l'été 62 avait commencé, il faisait déjà chaud, les plages se remplissaient de Parisiens pâles qui achetaient mes esquimaux et l'air sentait le poisson grillé et les frites. Mais tout de même ! Pareil pour les grèves. Ici, elles étaient inédites. Je me rappelle un jour de « grande grève des fonctionnaires », les rues bruissaient de la foule habituelle, les magasins n'avaient pas tiré leur rideau et une petite troupe joyeuse avait défilé avec des pancartes en chantant dans la rue. Et pas un béret rouge de parachutiste à l'horizon pour briser la grève insurrectionnelle, pas de mitraillette, pas même de voiture bélier pour forcer le rideau des magasins fermés. Tu parles d'une grève !

Le plus dérangeant pour moi avait été le retour à l'école. En classe, j'étais absent. Dans la cour de récréation, il n'y avait qu'un seul Arabe, nul en insulte, un renégat qui parlait avec l'accent provençal. Les autres jouaient en s'injuriant à voix haute, se traitant de tous les noms et… tout s'arrêtait là. J'étais effaré. Vu le nombre de combattants qui s'étaient fait traiter de « con » dans la journée, il y aurait eu chez nous à la sortie de l'école de quoi refaire la guerre de Troie ! Quand un garçon grassouillet de la classe des très grands m'avait bousculé à l'entrée de la cantine – « Dégage, le minot ! » –, je l'avais attendu sagement dehors et la formule coup de genou-coup de tête-coup de poing avait soldé la dette.

Le lendemain, stupéfait, je m'étais retrouvé convoqué dans le bureau du directeur – encore un communiste, sans doute un peu bidon puisque son bureau n'avait même pas sauté – face à l'autre, le grand benêt, qui glapissait en montrant l'escalope bleue qui s'étalait au-dessous de son œil droit. Forcément, je suis gaucher. Le directeur était un brave homme. Il m'avait infligé la peine minimale en vigueur, huit jours d'exclusion de la cantine, puis avait fait sortir la larve en pleurs de son bureau et posé gentiment la main sur mon épaule, ses yeux bleus dans les miens : « L'Algérie, c'est fini, mon petit. Tu comprends ? C'est fini. »

Quoi ? Qu'est-ce qui était fini ? Tout directeur qu'il était, il croyait peut-être qu'il suffisait de faire retentir le gong à la récré pour que le combat s'arrête. Comme s'il suffisait d'une déclaration de cessez-le-feu pour qu'on dépose sagement les armes. D'où je venais, les gosses biberonnaient dès la crèche un lait au goût mêlé de sang. Et à l'école, on apprenait moins à former des lettres qu'à brandir les poings. D'ailleurs, la rue des grandes personnes, dehors, confirmait notre instinct. La violence n'est pas un accident, mais une culture. On ne s'en débarrasse pas comme d'une chemise sale.

Alors, oui, les jours de grève générale ici ressemblaient à des kermesses de village, l'insulte n'était pas un délit, mais les duels se voyaient punis d'exclusion, les hôpitaux de la côte soignaient surtout des coups de soleil et au bas de l'immeuble HLM mes copains en guimauve me demandaient si, dans « mon pays », j'allais à l'école en chameau. Et après, quoi, qu'est-ce qui était fini au juste ? Moi, quand je rentrais à la maison, je voyais ma mère se flétrir comme un chrysanthème de Toussaint ; au petit matin, de petits hommes gris frappaient à ma porte en brandissant un « papier bleu ». La question du jour était de choisir s'il fallait payer le loyer ou plutôt les dettes à l'épicerie et, sur la commode, mon père affichait le même sourire impuissant.

Dans « mon pays », j'avais appris qu'il fallait être un homme, un vrai, viril, fort et fier. Ici, je n'étais plus qu'un sauvageon, un métèque, qui plus est fils de colon, donc riche et raciste. Forcément coupable.

Bien plus tard, quand j'aurai adopté des manières plus civiles, les nouveaux procureurs me reprocheront d'être l'archétype du trop blanc, mâle et hétérosexuel, enfant de France donc héritier d'une nation colonialiste, un statut à perpétuité passible de quatre motifs d'inculpation. On a beau faire des efforts, les gens ne sont jamais contents...

À la télévision de l'époque, on parlait de nous comme des « rapatriés », c'est-à-dire des gens qui auraient regagné leur patrie, la France métropolitaine, où la plupart d'entre eux n'avaient pourtant jamais mis les pieds. Par une décision souveraine de l'État, j'avais accédé au titre pompeux de « pupille de la nation » grâce à mon père reconnu « mort pour la France », gros mensonge puisqu'il avait été abattu, à la sortie du dépôt de bouteilles de gaz, pour avoir voulu dépanner une voisine sans feu.

La responsable de l'Association des veuves de guerre et d'anciens combattants nous avait même rendu visite en promettant à ma mère de me faire interner dans un pensionnat militaire où on me fournirait le gîte et le couvert, un bel uniforme, un grand béret et une carrière assurée. Ma mère avait failli s'évanouir. Et la belle dame était repartie, un brin déconcertée. Et moi je bouillonnais, un petit volcan de colère en moi dont je ne savais pas encore que c'était de la révolte, cette « séculaire volonté de ne pas subir » dont parlait Maurice Barrès.

Révolte contre quoi ? Contre qui ? L'un me voulait curé, l'autre militaire. Tous voulaient me sauver, bien sûr, malgré moi. Je n'ai jamais demandé à être trouffion ou enfant du paradis. « Moi, j'étais fait pour être jardinier », a écrit Saint-Exupéry. Moi, au mieux, pour reprendre le magasin de télévisions de mon père. La guerre, dans sa grande équité, assassine aussi bien les Mozart enfants que les futurs vendeurs de loukoums.

À la radio, le « speaker » ne parlait plus des « évènements en Algérie », mais d'un pays inconnu, le « Vietnam ». Ma mère se consumait, moi, je grandissais, mal, mais je grandissais. À ma première cigarette, une Camel, j'ai écrasé lentement le mégot incandescent sur le dos de ma main. Les filles, roses de l'acné de notre âge, me regardaient et je ne les voyais pas.

Marie-Claude, elle, était différente.

Une femme de vingt-six ans, de longues jambes, des seins en poire et la bouche sensuelle, troublante comme un péché capital, aimant les galants et me parlant comme à un homme. Elle avait l'expérience, j'étais un amant lamentable. On se voyait chez elle, en cachette. Une passion de chair que je confondais avec l'amour. La femme adultère me mettait souvent en garde contre son mari jaloux, ancien parachutiste et violent. Je haussais les épaules. Qu'il vienne.

Deux ans plus tard, à quatre cents kilomètres de là, je tremblais de fièvre dans mon lit, la gorge infectée par une vilaine angine blanche, dans notre nouvel appartement de Canet-Plage près de Perpignan, station balnéaire sans âme cernée de ceps de vigne taillés en croix façon cimetière de la Grande Guerre. La fièvre grimpait et je délirais un brin. Ma mère s'inquiétait, me bourrait de tisanes et m'avait apporté, pour me distraire, un gros paquet de magazines. En découvrant la une de *Détective*, j'ai cru à une apparition. La photo de Marie-Claude occupait la première page. En maillot de bain, son corps de rêve, cheveux noirs au ras de ses épaules blanches, bouche voluptueuse et grands yeux noisette. Et son odeur après l'amour.

Le titre, provocant, barrait toute la page : « Elle le trompait, il l'étrangle et la brûle. » Le corps de mon amante jetée dans un sac de toile, traînée sur une colline au-dessus d'Hyères, étouffée, carbonisée. Toute cette beauté, mon désir, réduit en cendres par un mari jaloux. Inutile de m'interpeller aujourd'hui, moi le mâle blanc, sur la violence des féminicides. J'avais quinze ans. Mon premier amour est parti en fumée.

La dame en bleu

Toulouse, 1973

Me revient la phrase que nous répétait mon professeur de philosophie en terminale à Toulouse : « C'est dans l'obscurité qu'il faut croire à la lumière. » Énoncée par quelqu'un d'autre, c'eût été un cliché de la pensée, mais madame Saddier était elle-même lumineuse. La force et la bienveillance d'une Simone Weil. Une femme solide, la soixantaine, cheveu noir, grand front et mâchoire à l'irlandaise, l'azur de ses yeux allié à la couleur de son éternel tailleur. Une ancienne résistante, regard fixé sur la ligne bleue des Vosges, dotée d'une foi chrétienne en béton armé. En Dieu et en l'homme.

Il en fallait de l'amour pour supporter cette classe d'effrontés qui prétendaient pallier leur ignorance par l'insolence ! Il en fallait de la patience pour écouter sans broncher mes grandes déclarations de guerre ! Je me levais d'un bond, en plein cours, sur un mot, une phrase, démontant Aristote, moquant Kant, piétinant Bergson, jeune con sûr de moi, sûr de tout, balançant mes arguments comme des coups de boule. Quand je me rasseyais, à court de souffle et d'idées, elle concluait mon raptus par un « Intéressant. On en discute ? » Et abandonnait le programme pour lancer le débat dans la classe.

C'est elle qui m'a appris à ne plus boxer dans le vide, à remplacer les poings par les mots, l'explosion par le verbe. Quand elle me voyait sombre et tourmenté, la phrase qu'elle me répétait – « C'est dans l'obscurité… » – ne sonnait pas pour moi comme la formule éculée d'un manuel de philo. Quand on n'a pas les mots, on cogne. Tous les gosses de banlieue se ressemblent. Ils n'ont pas les mots pour dire leur colère ou leur fragilité. Alors ils frappent. Dans leur grammaire, la droite-gauche-droite remplace le sujet-verbe-complément. Et tout compromis, perçu comme une lâcheté, stigmatise une faute fatale qui fait de vous un zéro à l'école de la rue.

Je n'avais pas les mots, seulement mes poings qui, face à la vieille dame, ne trouvaient que le vide. Alors j'ai fini par déposer les gants. Il était temps de quitter le pays de *Sa Majesté des Mouches*. Les mots ? Voilà ce qui serait ma nouvelle arme. Les mots comme des maillons, des bouées, des balises, des amis chers, pour les heures tristes et les moments de gloire, des mots comme des notes de la petite musique des hommes. Seules les femmes savent désarmer les hommes et c'est à la « dame en bleu » que je dois d'avoir renoncé à la violence des origines.

Vous voulez pacifier le monde ? Apprenez-lui à parler.

Nous étions devenus amis. Je conduisais alors une traction avant noire, « 11 CV, légère », qui pesait plus d'une tonne, la voiture des résistants et des gangsters, avec la roue de secours sur le capot arrière, une antiquité en panne de batterie que je faisais démarrer chaque matin en la poussant, histoire de commencer ma journée en nage. Je m'arrêtais devant l'arrêt où je savais que la dame en bleu attendait son bus pour le lycée : « Je vous emmène, madame ? » La noble dame pouffait, ouvrait la portière et s'asseyait dans le tas de tôles noires à la droite du jeune homme aux cheveux longs sous le regard pincé des bonnes gens.

En classe, le professeur reprenait tous ses droits. Elle m'avait demandé de préparer un exposé sur le suicide, dont je vantais souvent les avantages. Sur le tableau, devant une classe effondrée par ma froide noirceur, j'avais tracé des flèches à la craie, une toile d'araignée reliant les différents arguments d'un nihiliste en herbe, en pillant sans vergogne les auteurs qui affirmaient que le seul problème philosophique vraiment sérieux était le suicide. Après tout, juger que la vie vaut ou ne vaut pas la peine d'être vécue, disait Camus, était bien à la fois la question et la réponse fondamentales.

Évidemment, je concluais ma démonstration en affirmant que la seule façon d'exister était de disparaître, jeune de préférence, pour ne plus être esclave, mais maître de sa vie. En reposant ma craie, j'étais sûr d'avoir mis un point final au débat. À la sortie, la dame en bleu, qui venait d'écouter sans ciller tout le contraire de ce à quoi elle croyait, m'avait gratifié d'un « Très bien », en ajoutant avec un sourire malicieux : « Et après ? »

Après, madame, il y a eu l'hôpital.

En stage de réanimation à Purpan, je m'étais battu, petit maillon au sein de l'équipe médicale, pour ramener à la vie un agriculteur de l'Ariège, robuste sexagénaire terrassé par le tétanos. Un cas peu commun. Les pompiers nous avaient amené l'homme au stade ultime de la maladie quand la tétanisation des muscles bande le corps comme un arc, ne reposant plus que sur les talons et la nuque, dernière étape avant la paralysie du thorax et la mort par asphyxie. Les médecins réanimateurs avaient réalisé un travail extraordinaire. Sauvé. Ne me restait plus qu'à faire mon boulot de kiné, réveiller les membres raidis, le faire respirer et lui redonner la force musculaire pour reprendre le cours de son existence.

Chaque matin, je me précipitais vers la chambre 21, pressé d'entendre son accent rocailleux. Il progressait. Aujourd'hui était un grand jour. J'allais le mettre debout. Quand j'ai poussé la porte de la 21, j'ai trouvé le lit vide et refait. Ah, cette manie de l'hôpital de déplacer les malades sans avertir personne ! J'apostrophais la cheffe infirmière : « La 21 ? » Elle a baissé les yeux. Crise cardiaque dans la nuit. L'épuisement. Le tétanos avait eu le dernier mot. Ce matin-là, j'ai jeté ma blouse, claqué la porte du service et marché toute la journée le long des rives du fleuve de la Garonne. Nous roulions tous les deux des eaux boueuses.

Inutile, tout était inutile.

En neurochirurgie, le professeur, thérapeute moderne, demandait qu'on laisse les rideaux grands ouverts. On travaillait à la lumière du jour, la radio allumée, façon de stimuler nos endormis. Une pratique révolutionnaire à une époque où le dogme commandait de murer les comateux dans l'obscurité absolue au prétexte de ne pas blesser leurs sens. Des semaines que je m'occupais du même patient, la quarantaine, père de trois enfants, dans le coma, un abcès au cerveau, sous antibiotiques. Je parlais toujours à « mes » comateux, leur décrivant à voix haute ce que je faisais et pourquoi. Façon de les traiter comme des personnes, pas des paquets de chair souffrante.

Soudain, je me fige. Il a bougé, non ? Pourtant, je n'ai encore rien fait. C'est bien lui qui a plié la jambe et s'est retourné, tout seul. Un mouvement volontaire ! J'en tremble. Lui redemande de bouger. Il le fait. Je cours au bureau des internes. « La chambre 13. Venez voir ! Il se réveille ! » Le médecin sourit, calme : « Bien. Cela veut dire qu'on a donné les bons antibiotiques. »

Quelques jours plus tard, j'assieds mon bonhomme dans un fauteuil, face à la fenêtre, au spectacle de la rue qui s'éveille, les lumières des feux rouges au carrefour, les phares des voitures, la grande enseigne lumineuse de l'hypermarché. Ses yeux brillent de plaisir. Et moi, je danse le long des couloirs. Celui-là, la *chose* ne me le prendra pas !

Ah, enfin une femme. D'habitude, on ne me confiait que des hommes, de préférence bien lourds, au prétexte que j'avais la carrure pour les soulever. De plus, c'est une gentille dame, comme on dit dans les films de Gabin. Toute menue, les cheveux blancs et un visage de poupée de porcelaine endormie. Je soulève le drap. Découvre des jambes et des bras rétractés comme un fœtus momifié ! Qu'est-ce qu'ils ont fichu, les autres kinés avant moi ? Je proteste. On me montre son dossier. Atteinte du système pyramidal. Dix-huit mois de coma. Pas grand espoir. Alors...

Je renâcle. Sous l'œil dubitatif de la cheffe infirmière, je décide de lui faire retrouver une rectitude orthopédique. Étirements, massages, coussins, contrepoids, plâtres de posture, j'attaque le grand chantier, matin et soir, repassant après mes cours de l'après-midi pour vérifier, ajuster. Dans le service, des infirmières sourient de l'obstination naïve du gamin, d'autres, des aides-soignantes, m'offrent un café appuyé d'un clin d'œil encourageant.

Un matin, la cheffe infirmière, d'habitude plutôt sévère, m'accueille avec un drôle d'air, étonné et joyeux : « Madame V. vous attend. » Comprends pas. J'ouvre la porte de la chambre. « Bonjour », me lance une voix rauque. C'est elle, ma belle mamie au bois dormant. Elle a quitté le monde des morts. Arrive à sourire : « Je vous connais... quand je dormais... j'entendais votre voix. »

Où passe la ligne de crête, le fil sur lequel nous marchons en funambule ? J'exulte et je désespère. Pose ma main sur un mort qui se réveille, croit embrasser un survivant et ne trouve qu'un lit vide. Tout est apparences, chimères. Je cherche une réponse, duale, la vie ou la mort. Simple, non ? Et je ne brasse que des limbes. J'ai même rencontré un ange, un vrai.

L'adolescent avait seize ans quand il s'est posé dans sa chambre toute blanche en repliant ses ailes célestes pour commencer sa longue nuit. Méningite. Seize ans plus tard, l'ange est toujours là, endormi, ses ailes recroquevillées qu'on mobilise quotidiennement pour ne pas que les plumes s'abîment. De ses paupières closes diaphanes germent des cils immenses qui caressent le haut des joues. Seize ans de coma. De quoi voir passer des générations de kinés, stagiaires ou praticiens confirmés, apprentis devenus experts, corps lisses et musclés qui ont pris du ventre. Lui, sur terre, aurait trente-deux ans, mais les anges n'ont pas d'âge. Posé sur les tombes des autres, leur regard intact voit défiler les saisons, l'été brûler les toits, l'automne flétrir les chrysanthèmes, l'hiver glacer les draps et le souffle du printemps qui devrait réveiller la nature endormie, mais glisse sur elle, comme l'absence de larmes sur ses trop longs cils.

Il a deux fois seize ans. Ni mort ni vivant, mais ailleurs où il habite depuis si longtemps, un long séjour, l'équivalent de la durée de sa vie ici-bas. Dans quel paradis a-t-il pris ses quartiers ? Où se trouve-t-il si bien qu'il ne veuille pas revenir parmi nous ? Autour de lui, les autres le soignent, s'inquiètent pour lui, penchés sur son dossier et leurs fronts barrés de rides vieillissent. Rien à faire. L'ange ne veut pas déchoir. Il ne veut pas retrouver la terre et ses souffrances. Et affronter le spectacle de sa mère qui lui rend visite chaque jour, dimanche et jour de fête compris, passe des heures à lui parler, le caresse et, quand vient l'heure de la fin des visites, agrippe par la blouse le premier soignant qui passe en répétant, à chaque fois, la même phrase, immuable : « Vous savez quoi ? Il a bougé. Aujourd'hui, il va mieux ! Je l'ai vu de mes yeux. »

Ah, il en faut de la compassion ou de la lâcheté pour ne pas la traiter de pauvre folle. Elle, elle court le service pour annoncer à tous la bonne nouvelle : le retour de Lazare ! Puis finit par s'en aller, à regret, en soupirant. Dans son alcôve blanche, l'ange garde les yeux fermés sous ses paupières diaphanes, ses ailes bien repliées, scaphandre et papillon sourd et aveugle à la misère du monde. Et aux humains rampants qui se torturent à se demander où passe la ligne invisible entre la terre et le ciel.

Qu'est-ce que je fais là avec ma blouse blanche et mes petits bras musclés ? Qu'est-ce que je cherche exactement ? Soulager la douleur n'est pas en percer le mystère. Le jour, je m'applique à jouer le bon petit soldat en uniforme blanc. Mais la nuit, je me retrouve seul, livré à moi-même et j'explore un autre monde, celui de mes cauchemars qui, toujours, m'accompagneront, esprits frappeurs à la fois dérangeants et lumineux. Récemment, j'ai entendu un critique littéraire s'agacer que les écrivaillons s'entêtent à raconter leurs cauchemars, remarque judicieuse pour ceux qui n'en font jamais.

Moi, cette fois, je suis en transe, en short, à moitié nu, affalé sur les cordes d'un ring de boxe. Le premier round vient de se terminer, me laissant sonné et la bouche en sang, aveuglé par la lumière des projecteurs. Un ring n'a rien à voir avec un terrain de sport. C'est une planète, blanche, éblouissante, qui orbite dans l'espace en dehors de notre monde. Tout se joue au ralenti, dans cet espace clos. On en sort couvert de gloire ou crucifié, rarement intact. Il suffit d'enjamber les cordes pour passer dans l'autre dimension, avec un seul et véritable adversaire : soi-même. Le ring est l'expérience de la solitude finale.

Notez, il suffit d'un geste vers l'arbitre, d'un jet de l'éponge, pour abandonner le combat mais aucune brute, même à l'agonie, n'emprunte pourtant cette issue de secours. Pourquoi ? Parce que renoncer n'est pas se préserver, mais se condamner à la relégation de soi.

Du point de vue du vulgaire, cela tient de la bagarre de rue, un spectacle indécent et grotesque, deux voyous avinés de fatigue, en ridicules culottes de flanelle, le haut du corps bossu de Quasimodo en fin de saison, le bas d'un jeune coq dressé sur son cul, épaule contre épaule, cuir contre cuir, copieusement arrosés de sueur et, tous l'espèrent, d'un flot de sang, que le public encourage à tour de rôle avec tendresse : « Tue-le ! »

Dans la noirceur de la salle, je crois voir sur les gradins les rictus noirs des spectateurs, un chœur étrange de bouches déchaussées aux dents jaunes et malsaines, qui boit, fume, rote, crache par terre, pouce en bas, brame en demandant la fin, exige l'hallali. Dans le coin d'en face, mon tueur me fixe, attendant la reprise. Veut en finir lui aussi.

Quand mon adversaire a tombé son peignoir, j'ai découvert l'arme du crime. Une carrure de Moai de l'île de Pâques, des muscles sculptés au ciseau, une nuque de Minotaure, un nez épaté et les créneaux des arcades soulignant la forteresse médiévale du front. J'ai regardé mon entraîneur, homme d'ordinaire chaleureux. Il a cligné des yeux, regard inexpressif, et m'a fourré le protège-dents dans ma bouche bée. Aucune compassion. Décidément, tout sonne bizarre ce soir. « Boxe ! » Autant m'envoyer à l'abattoir.

Ce qui n'a pas tardé. Une fois dressé sur ses pattes, le géant des îles a saisi son casse-tête. Au premier coup sur ma tempe droite, je flottais, au bord de l'évanouissement. Dans ces cas-là, le temps ralentit puis s'arrête. Et le corps démissionnaire, en apesanteur, passe la main au cerveau archaïque. Vérifions : mes jambes ne répondent plus, un vide béant a pris la place de l'estomac, plus grave, le sang ne bat plus dans mes artères. Cœur et poumons bloqués, plus de sang, plus d'air, plus de souffle, juste une bouche ouverte, poisson rouge jeté hors du bocal.

« Accroche », ordonne mécaniquement le cerveau au corps pantin. Regarde la grande horloge, là-bas au loin sur le mur de l'entrée, pour savoir combien de siècles il te reste à tenir. Et tourne, lové contre le corps de ton assassin, entraîne-le dans une valse lente : danse avec la bête. Et attends.

Quoi ? L'explosion, bien sûr. Le boum-boum du sang qui martèle de nouveau les tempes, ce bruit de chambre à air entre la bouche et les bronches, l'éclair de douleur dans les jambes, souffrantes donc vivantes. Accroche et danse. Sors de ce coma.

J'ai regardé vers mon entraîneur et j'ai pris peur. Il avait les globes oculaires renversés, les yeux blancs, un rictus de vampire. J'entendais le rire gras des mâles dans la salle qui sentait le tabac et la bière bon marché. Un homme pissait contre le mur du fond. Un autre se masturbait contre les énormes seins de sa voisine. L'arbitre avait disparu. Rien n'était normal dans ce combat.

L'autre a encore abattu son casse-tête. Il m'avait sûrement brisé le nez. Surtout ne pas lui montrer que j'étais blessé. Et garder la bouche bien fermée, en avalant mon sang. Envie de vomir. L'adversaire, le public et même mon entraîneur, tous semblaient être ligués contre moi, jouissant à l'avance du spectacle de ma destruction, paquet sanglant sur le tapis, bras en croix. Quelqu'un s'est mis à rire grassement, puis un autre, et un autre. Toute la salle s'esclaffait, mon manager détournait la tête et le Minotaure en face frappait ses sabots de cuir l'un contre l'autre. Aux fous !

« Boxe ! »

Soudain, une immense colère m'a saisi.

L'arbitre avait à peine donné le signal que j'avais pris position au centre du ring, comme on reprend possession d'un territoire. Le géant, puissant mais lent, semblait pris de court. Je dansais autour de lui, frappais, sortais, dansais, frappais, encore et encore avec une joie sauvage. Écoute, sale bête ! Ici, c'est à moi, chez moi ! Et mon poing écrasera ton museau sale chaque fois que tu le pointeras hors de ta tanière. Surpris par ma gauche sous le nez, il est tombé une première fois avec le bruit d'une idole païenne qu'on abat. Et une deuxième fois quand j'ai fouaillé son foie dans ses entrailles. Je le tenais ! « Achève-le ! » criait la salle au bord de l'orgasme. Et le gong a résonné.

D'un coup. Le public, le ring, le géant de plâtre, tout s'est évanoui. Et je me suis réveillé, fiévreux, en nage et la poitrine oppressée, toussant et crachant les glaires d'une sale angine, furieux de m'être fait rouler encore une fois par le même cauchemar sournois qui me privait immanquablement du dernier round et me laissait sans verdict.

Sans réponse.

Le lendemain, mon sac sur l'épaule, je pars pour l'entraînement, le vrai. Mon manager redevenu terrestre me salue d'un clin d'œil complice, les autres s'échauffent déjà, lèvent un gant à mon passage, invitant le gaucher à un ou deux rounds entre copains. Les voyous du quartier, venus ici chercher la bagarre de rue, sont vite repartis, déçus de ne trouver qu'un sport.

Je ne suis pas venu ici par hasard. Tous les chemins mènent au ring, dont celui de la première année en licence de psychologie où je m'étais inscrit en même temps qu'à l'école de kiné. La psycho me fascinait, tel un impétrant dans le temple des vénérables francs-maçons, pressé de rejoindre les initiés aux secrets occultes de l'esprit. Si je pouvais percer celui de l'agressivité de l'homme, je me délivrerais forcément du mal. La boxe, archétype de la violence, serait mon terrain d'expérience. Mon professeur de sexologie l'avait compris d'emblée, en me confiant mon premier mémoire sur « L'agressivité dans la sexualité ». Et j'avalais goulûment une pile de vieux livres jaunis écrits par des psychiatres viennois du siècle dernier qui compilaient des horreurs que je classais en colonnes ordonnées, comptable consciencieux de la perversion.

Alexandre, lui, ne s'intéressait pas aux hommes, mais aux rongeurs. Mon meilleur ami à la fac était fou à lier même si, au premier abord, il avait l'air doux et inoffensif. Personne n'aurait pu suspecter, avant de le voir de ses yeux, qu'il avait transformé sa microscopique chambre d'étudiant en élevage intensif de hamsters.

Mes recherches indiquaient clairement que la violence avait une fonction primordiale chez la bête humaine. Pour le découvrir, je plongeais dans la psychologie animale. Je dévorais les écrits de Konrad Lorenz, un éthologue-zoologiste autrichien certes un brin fascisant, mais dont les expériences avec les oies cendrées avaient marqué la science, recherches couronnées d'un ouvrage majeur : *L'Agression. Une histoire naturelle du mal.*

J'avais un faible pour Niko Tinbergen, biologiste néerlandais, inventeur de l'éthologie moderne, qui s'était penché sur les poissons combattants, les *Betta splendens* – « bêtes et splendides » –, se moquait Alexandre. Une espèce de la famille des Osphronemidae, parfois appelés « combattants du Siam », originaires des eaux douces de l'Asie du Sud-Est, magnifiques spécimens parés de toute la gamme chromatique des couleurs tropicales, mais méchants comme une teigne de mer. Des forcenés capables, placés face à un miroir, de combattre leur propre image en s'envoyant des jets d'eau à grands coups de nageoire dans les ouïes, jusqu'à en crever. La haine de l'autre jusqu'à la haine de soi. Le meurtre et le suicide. Au temps où notre planète n'était qu'une flaque, les poissons avaient déjà tout inventé.

Et pourtant, parfois, ils s'aimaient ! Quand deux poissons combattants, mâle et femelle, se croisaient dans un aquarium, leur première réaction était d'adopter la position de combat. Le mâle se précipitait, féminicide en tête, sur la femelle qui, en période de reproduction, écartait grand ses nageoires tropicales. Et là, miracle du coup de foudre, deux taches rouges apparaissaient et l'assaillant, désarmé, déviait immédiatement l'attaque. La femelle suivait, provocante, frôlait le mâle déconcerté qui repartait à l'assaut. Et le ballet amoureux se dessinait, en zigzags, l'équivalent de notre roman courtois, avec la même conclusion, en bocal ou dans le château de la princesse : l'accouplement. Conclusion attendue du mémoire : le rôle de l'agressivité est bien d'érotiser la sexualité. À condition d'avoir de belles taches rouges sur les nageoires.

L'instinct, seulement l'instinct. Oui, mais la guerre ? L'étude ne répondait pas à la barbarie entre humains, gratuite et sans bénéfice amoureux. Cette férocité avait bien deux profils : un, la violence intérieure, deux, la violence appliquée aux autres. La question se posait de savoir si on pouvait dissocier les deux, être capable d'occire son prochain sans ressentir – psychopathes exclus – la moindre émotion en appliquant une violence purement « technique ». Mettre par exemple quelqu'un KO, mort symbolique, sans éprouver pour lui aucune hostilité. Ni Éros ni Thanatos. Il n'existait qu'un seul moyen de le savoir. Voilà pourquoi, mon sac sur l'épaule, j'avais poussé la porte de la salle de boxe avec la ferme intention de percer le mystère.

Ma vie prenait une drôle d'allure. Dans la journée, je pouvais manipuler une vieille dame hémiplégique avec des doigts de fée, aider à respirer un gosse atteint de la mucoviscidose, montrer une extrême patience et une tendresse infinie pour les souffrants. Et, le soir, j'envoyais de grosses patates à mes copains sparring-partners qui se relayaient à chaque round pendant que je repoussais mes limites, jusqu'à l'épuisement.

Vie de spartiate. Le combat exige un corps et une technique sans faiblesses et ne pardonne pas un esprit défaillant. La peur paralyse, l'anxiété mine, mais l'excès de confiance vous perd à coup sûr.

Moi, mon défaut dans la cuirasse était le doute.

Ce samedi-là, en enjambant les cordes du ring, enfermé dans ma logique de guerrier, je pensais à tout sauf à l'essentiel : atteindre le but que je m'étais fixé en poussant pour la première fois la porte de la salle. Mon adversaire était dangereux, mais brouillon. Ma droite en piston l'empêchait de boxer, il s'agaçait. Prêt à la faute que je guettais. Quand il a jeté son direct du gauche comme un coup d'épée dans l'eau, mon corps a déroulé la combinaison réflexe cent fois répétée sur l'écran du plafond de ma chambre. Un uppercut au plexus, cela fait horriblement mal.

L'arbitre a fait mine de compter, mais c'était fini. Soudain, j'ai réalisé. Mon adversaire gisait là, au tapis, recroquevillé à mes pieds, foudroyé et souffrant. Et je ne ressentais rien. Ni haine, ni rage, ni compassion. La preuve était faite : il était possible d'appliquer une violence extrême, sans ressentir la moindre violence intérieure.

Camus, ancien gardien de but, disait que tout ce qu'il savait de plus sûr à propos de la moralité et des obligations des hommes, il le devait au football. Moi, à la boxe. Moins élégant sans doute, mais le constat est le même. Et les autres pouvaient bien rire quand je leur disais que j'avais appris autant entre les cordes que sur les bancs de la fac.

« Très bien », aurait dit la dame en bleu. Et elle aurait ajouté : « Et après ? »

Après ? Debout, sur le pont à l'avant d'un bateau, mon magnétophone sur l'épaule, je regarde la guerre approcher.

« On pisse sur nous avec des bombes »

Liban, 1982

Partie de Chypre, la frégate militaire française arrive en vue du port de Beyrouth. J'ai quitté hier soir une île blanche de soleil et des plages peuplées de jouisseurs pour le chaos d'une ville empuantie par des réservoirs de pétrole en flammes. Au ras des premiers immeubles, des nuages noirs épousent la brume d'une ville moîte qui suffoque au mois d'août. L'opération consiste à débarquer rapidement en profitant de la pause matinale dans les combats. Penché sur le bastingage, je vois la Méditerranée virer au gris acier. Qu'est-ce que je fais là ?

J'ai décidé de rompre. La kiné, l'hôpital, la boxe, le sourire de Maryse, mon amoureuse, et le plafond de ma chambre de cité universitaire, tout me paraît déjà à des années-lumière. L'hôpital public était une passion qui me promettait une vie de fonctionnaire, boulevard tracé bien droit du premier stage jusqu'à la retraite, le doigt sur la couture de la blouse blanche attendant du médecin la permission de soigner. J'ai fini par me lasser. Je n'avais pas fait ce métier pour vivre employé, celui qui vit ployé. Mon rang de major de promotion m'ouvrait toutes les portes des cabinets à la recherche d'un remplaçant et l'aventure du privé m'accueillait à bras ouverts. Premier poste à Graulhet, dans le Tarn qui roule un accent rocailleux. En un mois, je rembourse toutes mes dettes, abyssales, de mes années d'études. J'ai une blouse blanche, un cabinet, de l'argent et les patients m'appellent – à tort – « docteurrre ». Ma mère rayonne de fierté.

Le premier malade sonne dès 7 h 30 du matin et je ferme mon cabinet vers 21 h 00, samedi compris. Le soir, un sauna au cabinet, une douche, un plateau-repas et au lit. Le travail ne manque pas. Depuis que j'ai remis debout la femme d'un toubib de la ville, victime d'une fracture simple du bassin, son mari m'envoie tous ses malades. Parfois jusqu'à l'excès :

– Docteurrre ?

– Je suis kiné, pas médecin.

– Bien sûr, docteurrre, mais j'ai un ongle en carré...

– Vous voulez dire un ongle incarné, il faut voir un pédicure.

– Ah, non ! J'ai confiance qu'en vous !

Les malades défilent, anciens ouvriers silicosés de la mine de charbon, jeunes chômeurs déjà abîmés ou notables cacochymes, le cabinet est plein. Au suivant ! Heureux ? Non.

Quelque chose cloche. Cette hémiplégie vieille de dix-huit mois, plus grand-chose à faire, sinon de l'entretien. Et cette épaule gelée, capsulite mal traitée, perdue. Et cet ancien mineur, ses bronches soufflant comme une forge, emphysème du poumon cimenté par quarante années de poussière de charbon du fond. C'est avant qu'il lui aurait fallu la protection d'un masque, non ? Et puis, quoi ! Les trois quarts de mes malades sont des lombalgiques chroniques, mal au dos, mal au travail, mal de vivre. Oui, je les soulage. Bien. Mais où sont mes comateux en réanimation, et les polytraumatisés graves qui jouaient leur vie ? Où est passé le combat essentiel ? À ce rythme de bourgeois établi, je vais suivre le chemin de mes confrères à peine plus âgés, ventre rond, entouré de patients qu'ils appellent clients, avec un compte en banque, une voiture qui démarre au quart de tour, un appartement en ville, une maison à la campagne et une cave à vins. Allez ! Encore quelques moissons de lombalgies et j'aurais de quoi monter mon propre centre de rééducation, entrer dans le cercle des commerçants de la santé promus petits patrons de PME.

À la fin du dernier remplacement, j'ai transmis les dossiers médicaux et les comptes au couple de kinés que j'avais suppléés pendant leurs vacances. Belle recette. Ils étaient ravis. Moi, j'ai décidé de raccrocher ma blouse.

Passer de « docteurrrre » à reporter, quel fossé ! Une « folie », ricanaient les autres. À quoi bon leur expliquer qu'il s'agissait précisément d'explorer la douleur et la violence du même monde, la *chose*. Moi-même, j'avais du mal à le comprendre. Julian Schnabel, homme doux, peintre génial et artiste volcanique, l'a conclu sur le tard : « Avec le recul, je pense que, jeune, on a le désir de faire quelque chose sans savoir ce que c'est, mais une force nous pousse à le faire. Il faut une croyance infinie et irrationnelle dans ce qu'on fait. C'est une foi aveugle. » Ma mère, qui avait, elle, les yeux grands ouverts, pressentait l'odeur de la poudre et se tordait les mains.

– Maman, tu comprends ?

– Oui

– Tu veux bien ?

– Non. Bien sûr que je ne veux pas.

Dans les rédactions, on m'avait ri au nez. Un presque docteur qui veut devenir journaleux, il est drôle, non ? Un an de chômage, à courir après les petits boulots une fois mes économies fondues. J'acceptais tout : vendeur, démonstrateur en supermarché ou animateur en hyper. Entretemps, j'avais pris rendez-vous avec un ancien sociétaire de la Comédie-Française, pour des cours de diction. Il parlait comme à la cour, moi comme dans la rue. Versailles s'était juré de civiliser Hussein Dey. Le soir, un crayon en travers de la bouche, j'articulais « Pour qui sont ces serpents qui sifflent… » en assassinant les classiques avec mon accent de métèque. À la maison, mes frères se régalaient.

Encore six mois et je parlais fraaannçais, dégottais un poste d'animateur radio aux Antilles britanniques sur l'île perdue de Montserrat. Huit kilomètres de roche volcanique, des plages de sable noir, une nourriture anglo-saxonne et des filles au cul bas, un bouchon de basalte oublié sur la mer doté d'une soufrière en activité que le bon Dieu a eu plus tard la clémence de faire exploser pour faire quasi disparaître cette verrue géologique de la surface de l'Atlantide. J'en revenais avec un anglais déplorable au fort accent créole, une passion pour le reggae et une expérience qui m'ouvrait les portes des radios. Moi, je voulais être reporter, pas disc-jockey. J'ai obtenu un stage à RMC Paris, chargé de distribuer les dépêches à de jeunes journalistes au fort accent de titi parisien – affreux, mais orthodoxe – qui me les jetaient à la figure : « Hé, le régional de l'étape, tu vois bien que c'est pas mon secteur ! J't'jure ! »

Une nuit, une prise d'otages sur l'aéroport de Roissy a mal tourné. J'ai eu la chance de me retrouver au bon endroit, perché sur le toit d'un hôtel, et au petit matin je racontais en direct la libération des passagers. Embauché. Quelques années plus tard, le malentendu commençait. Mon directeur de la rédaction venait de me nommer chef de service, en me promettant un avenir radieux de rédacteur en chef. Des années durant, j'affronterais le même problème avec des supérieurs, têtus, qui ne voyaient en moi qu'un futur chef de quelque chose. Moi, buté, je voulais intégrer le service étranger comme reporter. Vexé, le chef m'avait traité de « plante verte » sans ambition. Je piaffais, grondais, menaçais de démissionner. Pour me calmer, il m'avait envoyé accompagner cette mission humanitaire de l'armée française dans Beyrouth. En guerre.

Je n'ai retenu que le dernier mot.

La frégate militaire vient de jeter l'ancre face au port de Beyrouth. L'officier de quart fait mettre une chaloupe à la mer. On va débarquer sur la plage, les quais sont trop dangereux. Le port est encore intact, mais, dans quarante ans exactement, il sera remplacé par un cratère de cent vingt mètres de diamètre, volatilisé par l'explosion de deux mille sept cent cinquante tonnes de nitrate d'ammonium laissées à l'abandon sur le port, l'équivalent d'un dixième de la bombe d'Hiroshima. Au Liban, la paix des corrompus se révèle parfois plus dangereuse que la guerre.

Jusqu'ici, le Liban pour moi n'était qu'un théâtre d'ombres et les articles que je dévorais se perdaient dans les jeux subtils d'un « Orient compliqué ». Une image m'avait pourtant frappé. La photo d'une femme, une mère, en premier plan, le regard fou, les bras écartés en constat d'impuissance, masquant en partie l'arrière-fond, la scène apocalyptique d'un massacre. J'ai retenu le nom du quartier, « la Quarantaine », il sonnait comme un ghetto.

Vingt ans que j'ai quitté Alger, son port et sa blanche morgue. J'ai vécu dans une bulle que les autres appellent la « paix », et que je perçois comme le « monde du jour ». Celui où les automobilistes roulent vitres baissées, s'arrêtent au feu rouge, où les amoureux se promènent en se tenant par la main. À Beyrouth, je sais que je vais retrouver le monde que j'ai connu, le monde de la nuit, des voitures qui rasent les murs, des feux sans lumière et des couples d'amoureux, toujours main dans la main, mais face contre terre. Nous sommes tous borgnes. Les uns croient que la planète entière vit en plein jour. Les autres ne voient qu'une nuit universelle. Deux fois borgnes. Passer d'un monde à l'autre nous force à ouvrir grand les deux yeux, jusqu'à en loucher.

Je ne parvenais pas à oublier la nuit. La bulle venait d'éclater. Me revoilà au cœur du sujet, de la question à laquelle le gamin d'autrefois ne pouvait pas répondre. Alger, hier, Beyrouth, aujourd'hui. Comme un retour, les retrouvailles avec une amie toxique, mais fidèle. Le Liban est en guerre. Alors, plongeons dans la guerre. Même si elle commence comme un mauvais film.

Silence, on tourne. La barge de débarquement racle le sable. On patauge dans l'eau bourbeuse. La Méditerranée peut être sale. Les commandos prennent leurs positions de combat entre les parasols rouillés sur la plage déserte, mettant en joue un ennemi imaginaire. Sauf qu'il n'y a pas âme qui vive à l'horizon : Beyrouth dort. Je profite de l'entracte pour m'échapper vers le centre-ville.

Les reporters confirmés ont pris leurs quartiers au légendaire Hôtel Commodore, dans le quartier de Hamra, à Beyrouth-Ouest. Je préfère m'installer au Cavalier, à deux cents mètres de là, un hôtel tenu par les milices druzes, plus discret, où le réceptionniste de jour a le teint pâle de ceux qui combattent la nuit. L'hôtel se trouve à deux pas du bureau de l'Agence France-Presse sur la grande rue et à dix minutes à pied de la célèbre « ligne verte » qui coupe la ville en deux entre l'Ouest « palestinien progressiste » et l'Est « chrétien phalangiste », étiquettes bien commodes.

Je pose mon sac. Il est encore tôt, les magasins sont fermés, leurs vitrines criblées entourées de sacs de sable. À l'approche du quartier arménien, secteur des combats, la rue est déserte. Une voiture piégée barre le trottoir. Ce qu'il en reste. Un tas de tôle carbonisée au centre d'une étoile noire, tache d'encre soufflée par l'explosion. Le conducteur a tourné la clé de contact, son dernier geste. Les portières se sont envolées, mais il est toujours là. Assis sur le siège, les mains sur le volant, ses phalanges blanchies, le corps nettoyé jusqu'à l'os par l'explosion et le feu. Je m'approche à le toucher. Le squelette se tient la colonne vertébrale bien droite, l'occiput reposant sur l'appuie-tête et la mâchoire inférieure décrochée. À la place des yeux, ses orbites vides fixent ce que nous ne voyons pas. Et il a l'air étonné.

Un squelette blanc dans une voiture noire. Que personne n'a osé retirer. Pourquoi ? Je regarde autour de moi. Au loin se détache la haute silhouette de la tour Murr, connue pour être l'une des positions préférées des snipers phalangistes. L'endroit est à découvert. Je déguerpis. Plus loin, la « ligne verte » marque la frontière. « Verte », drôle d'adjectif pour une ligne de front, marquée d'un no man's land.

Je m'installe côté ouest, palestinien, pour la nuit dans un univers chaotique fait de casemates, de barbelés et de sacs de sable où l'on passe de maison en maison par des trous creusés dans les murs. Une pierre, un tronc abattu, une charogne puante, tout est piégé, miné, mortel. Le jour, les frères ennemis dorment ou s'insultent. La nuit, ils essaient, sans succès, d'enlever quelques mètres de cailloux. Rien ne bouge. La guerre s'est installée.

Des soldats français qui prennent d'assaut des parasols, des combattants qui font du camping sur le front... mon reportage s'annonce poignant.

Le no man's land occupe l'ancien centre financier de Beyrouth, capitale de ladite « Suisse du Moyen-Orient », devenu un labyrinthe de banques à l'abandon, de façades crevées et d'arcades en pierre de taille donnant sur une place centrale pavée de marbre. Avec le temps, la végétation a poussé, friche de banlieue plantée sur la place de la Bourse, l'herbe folle recouvre les dorures, le feuillage des arbres dépasse la hauteur des hommes : la ligne est bien verte.

« Les Kataeb (chrétiens phalangistes) sont le Mal incarné, dit un combattant palestinien. Des animaux qui se droguent à l'opium, coupent le nez et les oreilles et arrachent le cœur de leurs victimes. »

Il se dresse sur la barricade, lâche une rafale d'insultes et de balles, redescend, prévient : « Attention, baissez-vous, ils vont répliquer ! »

Deux jours plus tard, je passe de l'autre côté, après avoir franchi la frontière au passage du Musée, deux cents mètres de ligne droite à découvert, bordée par l'ancien hippodrome que je longe en revoyant mes chevaux bais à l'abattoir, leurs robes blanches de sueur.

Toutes les lignes vertes se ressemblent. Le même chaos, l'odeur de charogne et d'ordure, les mêmes trous, les mêmes pièges, les mêmes hommes, les mêmes rats, la même odeur de tabac, de peur et de corps rancis. Je reconnais un accident du terrain, un bout de statue mutilée. Hier encore, j'étais là, exactement en face, à une centaine de mètres. « Les Palestiniens sont des animaux sauvages, vous n'imaginez pas... »

Le phalangiste se lève, lâche une rafale. Je me baisse.

Un nom, une adresse dans le quartier chrétien d'Achrafieh donnée par une amie libanaise de Paris, avec une lettre pour son père malade. Le quartier est régulièrement bombardé, le hall de l'immeuble dévasté, la sonnette pend, je grimpe, trouve le père à genoux dans le salon, une bombe insecticide à la main. Il bafouille des phrases où il est question d'une prairie en été et d'un gosse qui pisse, par jeu, sur une fourmilière. Se penche sur le carrelage lisse, son doigt sur le bouton-poussoir. Un nuage chimique rebondit sur le sol, empuantit le salon. Le regard vitreux, l'homme contemple le champignon empoisonné qui flotte à ses pieds : « Nous sommes là, en dessous, comme des insectes... on pisse sur nous avec des bombes. »

Quatre ans que l'ancien voyageur professionnel vit enterré ici. Je lui tends la lettre de sa fille, il la range sous ses ordonnances, sans la lire. Je redescends par l'escalier de service. Le voisin comptable multiplie les verrous sur sa porte, mais promène son chien en laisse sous les obus. Dans un hôpital pédiatrique de montagne, un gosse passe ses journées à aligner des dessins d'ambulances : « On leur tire dessus, alors il faut les remplacer. » Un autre dessine un fœtus. Le troisième remplit sa feuille de centaines de points noirs. Psychose. Je redescends vers Hamra, passe devant le cinéma, ouvert, mais entouré de sacs de sable. À l'affiche, un film de guerre, le dernier *Rambo*. Une volée de balles perdues rebondit sur le trottoir, en guise de chocolats de l'entracte.

J'ai rencontré Walid, une nuit au casino de Jounieh, en nœud papillon de velours noir derrière le tapis vert d'une table de roulette. Dans sa caserne, ce combattant d'élite aux nerfs d'acier jouait aux cartes. À l'entrée, à dix mètres de là, un homme a vérifié son arme, la routine, face au sac de sable. Le coup est parti. La goutte de trop. Surpris dans sa guérite par la détonation, le vétéran s'est retrouvé sous la table à cartes, à quatre pattes, en pleurs. Plus jamais touché une arme.

Une voix douce et des yeux exorbités, globuleux, verts, striés de rouge. Walid n'a rien d'un fou furieux. C'est un tueur sage. Un professionnel appliqué de la guerre. À quinze ans, il s'est payé sa première kalachnikov avec son argent de poche. Aujourd'hui, il en a vingt-cinq, en paraît le double. Son meilleur ami a pris une balle en plein front dès la première bataille des hôtels à Beyrouth. Walid a nettoyé les étages restants. Une chambre, un coup de pied dans la porte, une grenade, une rafale pour achever les blessés. Le phalangiste est devenu commando, spécialiste des incursions derrière les lignes syriennes. Des nuits à marcher, seul, dans la noirceur de la forêt, les défenses ennemies à vingt mètres, obsédé par la crainte de tousser ou de faire craquer une brindille. Et au bout, des hommes à égorger. Des hommes dangereux.

Walid a pris une balle dans le genou, une autre dans le pied et une volée d'éclats d'obus dans le dos. Invalide, il s'est reconverti en instructeur et a suivi des cours de gestion. La nuit, il rêve qu'il se retrouve dans cette bataille sur la montagne, celle où on a laissé les corps des amis pourrir des jours au soleil, celle où il est resté enterré dans son trou de l'aube à la nuit noire, à encaisser jusqu'à soixante-dix obus de mortier à la minute. Dans son cauchemar, toujours le même, il ressent l'impact de chaque explosion dans la moelle de ses os, se dresse sur son lit la tête en feu en brandissant un fusil imaginaire. Aujourd'hui, diplômé de gestion au chômage, Walid est croupier de nuit au Casino du Liban. De toute façon, il ne dormait plus.

Moi aussi, j'ai failli tomber de ma chaise. Énorme bruit de ferraille sous ma fenêtre. Celui d'un poids lourd qui se serait écrasé au rez-de-chaussée de l'hôtel. Au premier étage, ma chambre donne sur la rue. Deux jours que je travaille, drogué aux cigarettes, au café amer et aux baklavas. Peux plus écrire tranquille ! En bas, pas de camion, mais un rideau de fer cabossé par une roquette antichar. De quoi dévaster l'hôtel. Le réceptionniste examine calmement l'obus qui a rebondi et gît, tordu, au milieu de la rue : « N'a pas explosé. Roquette chinoise.

Mauvaise qualité. Vous préférez que je vous donne une chambre sur la cour ? »

J'ai besoin de faire quelques pas. Je descends la rue vers Hamra et croise Mouna, la journaliste de l'AFP. Réfugiés dans une encoignure à un angle du carrefour, nous échangeons nos informations. Soudain, elle frémit, se tend : « Nous devrions changer d'endroit. » Nous traversons le carrefour, jusqu'à l'angle opposé, à moins d'une centaine de mètres de là. J'entends un sifflement. Et dans la seconde une roquette frappe le trottoir à l'endroit exact où nous étions quelques minutes plus tôt. Chinoise ou pas, celle-ci a explosé. Les philosophes qui méditent sur notre mort omettent de préciser qu'elle dépend parfois de la constance d'un ouvrier chinois ou russe. Quelques grammes de poudre de plus ou de moins dans la charge de la roquette et celle-ci ira atterrir à vos pieds ou décimer un troupeau de vaches dans le champ voisin.

Sur le chemin de l'hôtel, de loin, j'aperçois un Européen, reconnais la silhouette, les cheveux bouclés, les lunettes rondes : « Kauffmann… qu'est-ce que tu fais ici ? »

Était-ce quelques jours à peine ou quelques mois avant son enlèvement ? Je ne sais plus.

Les dates, les années, une heure plus tôt, une minute plus tard, la précision exigée pour écrire nos articles n'est qu'une convention pour gens raisonnables qui croient qu'on peut étalonner le monde obscur. Belle illusion. Le chronomètre ne fait pas office de boussole ni le calendrier d'agenda du destin. Quand un enfant naît, un ami meurt ou une femme vous quitte, on ne regarde pas sa montre. Le temps n'existe pas, il ne fait que passer. Einstein affirmait qu'on pouvait, si on courait assez vite autour d'un poteau, se rattraper soi-même. Dans la physique quantique de la guerre, on va tellement vite qu'on peut se dépasser et parfois se perdre. Alors oui, je mélange tout, mais je n'oublie rien. Ce chat au pelage fauve-roux qui prend le soleil posé au sommet d'une barricade alors que les balles sifflent. L'odeur gourmande de la mort flottant sur une pâtisserie éventrée par un obus de mortier. Les points noirs sur la feuille blanche que me tendait le gamin à l'hôpital psychiatrique. Un seul de ces points noirs en dit plus qu'une bonne dizaine de mes articles chronométrés. L'essentiel s'écrit dans les creux, pas dans les pleins.

Écrire, c'est brûler vif

Damas, printemps 2006

Damas en paix sonne comme un oxymore. J'ai traîné dans les ruelles de la vieille ville, avalé des baklavas, suis passé au hammam et acheté un tapis bleu pour des amis. Une récréation autorisée, mon reportage en Syrie est terminé. Ce dernier article conclut une série d'été sur « La naissance des écritures ». Entre deux conflits, j'ai besoin de ce genre de travail apaisé, histoire de ne pas me perdre. La destination cette fois se trouve à cheval sur l'Euphrate à la frontière entre l'Irak et la Syrie, là où les caravanes d'antan apportaient l'ambre, la soie et l'écriture cunéiforme.

Sur le site de Mari, les fouilles ont mis au jour vingt-cinq mille tablettes d'argile inscrites de cette étrange écriture. Aujourd'hui, les précieuses pièces, si fragiles, sont à l'abri dans les musées et il ne subsiste, à l'endroit du site antique, qu'un immense trou et quelques murs souterrains.

N'empêche. Il m'a suffi de m'asseoir, tout au fond, dans l'ombre épaisse et la chaleur humide du désert, pour voir apparaître les images de tablettes, d'une argile rose un brin effritée, ciselée par des milliers de lignes d'une mystérieuse calligraphie en forme de clous effilés. Magique.

J'ai ouvert mon cahier de notes à spirales à petits carreaux et décapuchonné mon bic à trois sous.

Et je n'ai rien osé écrire.

« À chaque fois que j'écris un mot nouveau, en quoi suis-je semblable au scribe, au mandarin ou à l'enfant ? » s'interroge Gérard Pommier, spécialiste de l'écriture. Qu'est-ce qui est commun et unique entre nous ? Que reste-t-il de l'incendie de la cathédrale de Reims sinon un texte ? De la guerre d'Espagne, notre mémoire nous renvoie à un tableau de Guernica, une photo de Robert Capa, un article de Saint-Exupéry sur le bombardement de Madrid ou à *L'Adieu aux armes* d'Hemingway. S'il n'y a pas une façon unique de dire le monde, en quoi écrire est-il différent ?

L'écriture n'est pas la simple transcription d'une idée, de noms, de faits ou de statistiques, sinon notre carnet de reportages suffirait amplement. Écrire, ce n'est pas mettre ses notes au propre. L'écriture, c'est autre chose.

Déjà, elle nous permet de nous affranchir du cadre de la technique. Nous avons tous en creux dans notre mémoire ces rares photos du débarquement sur la plage d'Omaha en Normandie perdues à cause d'un mauvais bain en laboratoire. Et les professionnels de télévision rappellent souvent une de leurs règles : « Pas d'images, pas d'histoire. »

L'écriture, elle, offre une extraordinaire liberté. Elle a cette fonction miraculeuse de rendre visible ce qui est invisible, en laissant des silences entre les phrases, au cœur même des mots, silences que le lecteur doit savoir lire et deviner. L'image, dictatoriale, s'impose au téléspectateur, le lecteur, lui, décide. Quand j'écris pour raconter, le texte à peine jeté sur le papier m'échappe et acquiert son existence propre. En le découvrant, l'autre va se l'approprier au travers de ses propres angoisses, de ses phobies, de ses passions, de sa mémoire. Il va recréer une histoire à son gré, peut décider d'abandonner la lecture, sauter des lignes, demeurer hermétique à une idée ou revenir longuement sur une phrase, la lire et la relire. Et va parfois deviner ce que le journaliste n'a pas su ou n'a pas pu dire.

Écrire, c'est malgré nous s'adonner à la divination, fouailler les entrailles pour en tirer des présages. Tous, nous avons eu cette étrange impression d'avoir écrit quelque chose qui nous était étranger. Avant d'écrire, je croyais pourtant savoir ce que je voulais dire. Mais une fois l'article terminé, je m'aperçois que j'ai dit autre chose, pas forcément contradictoire ou incohérent avec le projet initial, mais quelque chose en plus, différent, dont je n'avais pas conscience.

L'écriture, c'est cette « autre chose », une potion magique et incertaine qu'on touille pendant des heures – que le temps file quand on rédige ! – dans la marmite de son ordinateur. Bien sûr, les ingrédients nous semblent connus au départ et les règles imposées. La rédaction parisienne nous a impérativement fixé la quantité de signes à délivrer et l'heure limite de bouclage avant expiration, sous peine de non-parution, mise à mort de l'article justement nommée la « dead line ». Mais qui peut dire aux premières lignes quelle sera la couleur finale du plat, son goût exact et l'effet sur le consommateur ? Mystère. Celui qui écrit ne contrôle pas tout. Il fait comme il peut.

Roland Barthes se demandait si l'écriture n'était pas « la projection énigmatique de notre propre corps ». Notre reportage serait-il la projection énigmatique de notre propre histoire ? Chaque phrase rédigée peut être influencée par une mauvaise fièvre ou l'effet de la pleine lune cette nuit-là. Et le galop angoissant des heures alors que le bouclage approche, cette fameuse deadline, qui marque aussi l'acte de naissance de l'article.

Au moment précis d'écrire la première ligne d'un reportage au Timor-Oriental en pleine guerre civile, j'ai appris que mon meilleur ami venait de mourir brutalement à dix mille kilomètres de moi. Je ne pouvais pas assister à ses obsèques, et mon article devait être transmis à Paris avant la fin du jour. Je ne suis pas sûr que la sonorité de mon papier eût été la même après une paisible nuit de repos. Celui qui écrit ne contrôle pas tout. Il accomplit le rite. D'ailleurs, chez les Indiens, « chaman » veut dire « celui qui fait ». Un acte qui transforme. Un acte magique.

Tous, nous écrivons pourtant des choses vouées à être effacées. Écrire, c'est effacer. Et effacer, c'est encore écrire. Pas seulement pour biffer un mot impropre ou une phrase maladroite. Au Moyen Âge, par manque de manuscrits, les moines grattaient les parchemins anciens pour pouvoir les réutiliser : des palimpsestes. Certains textes précieux ont été perdus pendant des siècles, d'autres à jamais, parce qu'un scribe obscur avait besoin de gommer pour écrire. Tout palimpseste est une énigme, un parchemin effacé qui dit une chose et en cache une autre.

Un lettré musulman parle du désert comme d'un palimpseste. Là où il y avait autrefois de la vie, des animaux, de la végétation et de l'eau, la sécheresse est venue donner un coup de chiffon sur le tableau. Ne reste plus que le sable. Un hiver, en traversant tout le désert africain d'ouest en est, je me demandais pourquoi ces étendues nous impressionnent tant. D'où venaient ce puissant magnétisme, ce sentiment quasi religieux qui émanent du désert nu et nous font écrire des tonnes d'articles à partir de ce « rien » apparent ?

Le lettré arabe avait raison : le voyageur devine sans le savoir ce qui a été écrit puis effacé sur le sable. Et c'est ce monde oublié qui surgit en racontant le désert. Quelqu'un a dit que la page blanche elle-même contenait déjà le texte effacé et que notre angoisse de la page vide – quel abîme ! – était la peur de ne pas retrouver le texte original. Tous, nous écrivons des palimpsestes, des mots qui seront effacés, tous, nous participons à l'écriture du désert. Rien, ou si peu, ne restera visible. Et, paradoxe, tout restera toujours présent. Écrire, c'est laisser sa trace même quand elle est invisible.

> Sois un scribe, et mets ceci dans ton cœur pour que ton nom ait le même sort : plus utile est un livre qu'une stèle gravée ou qu'un mur solide. Il tient lieu de temple et de pyramide, pour que le nom soit proclamé... Ils ont passé les savants prophètes et leurs noms seraient oubliés si leurs écrits ne perpétuaient leur souvenir...
>
> Extrait du « Papyrus de Chester Beatty IV ».

On écrit pour devenir éternel disaient les Égyptiens, pour recenser le monde et le garder en ordre croyaient les Sumériens, pour explorer le mystère de la création songeaient les Indiens Mayas, pour s'unifier à l'univers pensaient les Chinois, inventeurs des idéogrammes silencieux. Mais l'enseignement est clair : l'écriture est une forme de démesure. Et cette pratique quasi divine nous condamne à l'humilité de l'artisan. Pour qui nous prenons-nous quand nous écrivons sur le sens d'une guerre ou le devenir d'un pays ? Ou, plus simplement, les accusations d'un village du Jura sur la moralité d'un instituteur ? Écrire donne souvent froid dans le dos.

Écrire, c'est s'exposer à mentir.

On connaît l'histoire des morts de Timişoara. Les images étaient mensongères. Pas parce qu'elles portaient le mensonge, mais parce que les images ne portent rien et peuvent donc être lues selon le désir ou l'engagement de chacun. Timişoara pouvait être, au choix, soit un abominable massacre témoin de la dictature de Ceauşescu, soit, plus prosaïquement, la mise en scène de corps grossièrement autopsiés dans un hôpital de province, soit... tout ce qu'on veut !

L'image seule ne dit souvent pas grand-chose ; il faut lui donner un sens. Elle n'est pas mensonge ou vérité, elle est ce que nous en ferons. Pour celui qui écrit, la chose est sensiblement différente.

Sans support de l'image, donc sans écran entre lui et le réel, il est nu. Du coup, quand mon texte ment, c'est moi qui mens. Personne d'autre. Rapporter n'est pas s'en remettre, reporter n'est pas innocent. Raconter une histoire, c'est déjà en faire un évènement.

Écrire, c'est s'exposer à être lu.

C'est prendre un risque fou. Être à la fois inconscient et aveuglé par la vanité de croire que ce qu'on rapporte est « vrai ». Quand on se trompe et que notre erreur éclate, alors peu importe qu'on ait été victime d'une intoxication, de notre orgueil à affirmer, de notre impatience à dire ou de notre inculture. Peu importe de savoir que rares sont les reporters qui n'ont jamais achoppé. Peu importe parce qu'on porte cette chose en nous longtemps, comme une mauvaise action, comme la pièce d'argent de Jean Valjean volée au gamin sur le chemin. Un échec, même unique, reste en nous. Il démontre notre vanité à croire qu'on peut dire le monde aux autres sans se tromper en permanence. En ce sens, écrire, c'est se condamner à mentir.

« Écrire, c'est brûler vif... », disait Blaise Cendrars.

Brûler, c'est douloureux et l'écriture est souffrance. Les mythes le disent et il faut un sacrifice sanglant, une initiation déchirante et « neuf longues nuits percé par une lance » au dieu Odin pour qu'il réussisse enfin à rassembler l'écriture runique. Trois mille ans avant Jésus-Christ, les scribes sumériens, anciens habitants de la Mésopotamie, faisaient eux, déjà, leur constat de la difficulté à écrire : « De tous les métiers humains dont le dieu Enlil a nommé les noms, il n'a nommé le nom d'aucun métier plus difficile que l'art du scribe... »

Et tout reporter d'expérience se revoit, réfugié dans sa chambre d'un hôtel du bout du monde, courant comme un gamin après un carré de chocolat, un paquet de cigarettes, des litres de café ou d'autres substances moins autorisées, adulte désemparé transmuté en un être hagard, occupé à retarder de quelques heures la rédaction des premières lignes de l'article maudit !

Écrire, c'est aussi brûler vif quand on a du mal à se débarrasser de ce qu'on a vu. Il peut parfois se passer plusieurs semaines entre un long reportage, et sa publication. Attente interminable quand il faut porter en soi des images qui continuent à nous labourer de l'intérieur. La tragédie collective d'une guerre ou d'une famine, le visage d'une femme victime d'un viol, un village détruit, les mots d'un gamin des rues, tout s'agglutine à notre propre peur, cette fatigue, cette douleur qui nous a accompagnés.

Écrire, c'est faire ressurgir cette part d'horreur, l'endurer une seconde fois. Pourtant, c'est ce qui nous différencie du simple voyeur. Écrire et réécrire pour essayer de se décharger de tout cela, pour éviter que l'horreur vue ne continue à creuser son tunnel souterrain en nous. Écrire et réécrire devient une façon de s'allonger sur le divan. Pour que la *chose* puisse retrouver son indépendance, vivre enfin en dehors de nous. Que je disparaisse, que j'abandonne ensuite la plume de reporter pour devenir chroniqueur hippique ou jardinier, peu importe ! La *chose* est écrite et l'évènement ne m'appartient plus. Elle s'appartient. Elle existe en soi. Mais il faut d'abord l'écrire. Transcrire l'horreur ou l'émotion, c'est la revivre, en souffrir et s'en décharger en partie. Dire le bonheur, c'est plus rare, c'est se soulever de joie sur sa chaise. On ne peut rédiger dans l'indifférence.

« Il faut avoir payé de sa personne pour avoir le droit d'écrire », disait un écrivain. Oui, mais que pouvons-nous dire ?

Je me rappelle l'histoire de ces poilus au lendemain d'une épouvantable bataille en Champagne où les hommes qui n'étaient pas morts déchiquetés par les obus avaient été engloutis par la boue sale des tourbières. Ou l'eau, la terre et le corps des soldats n'étaient plus qu'une même pâte informe. À l'aube, claquant des dents dans le soleil, adossés contre une butte au-dessus des marécages, leurs tuniques transformées en armures de glaise, quelques survivants essayaient de réaliser ce qu'ils venaient de vivre. Et ils n'y parvenaient pas. En réfléchissant à la façon dont ils raconteraient cet enfer un jour, tous étaient d'accord pour dire qu'ils en étaient incapables. Trop inhumain, trop irréel. Un rude poilu du Nord avait conclu : « On n'est pas fabriqué pour contenir ça. Ça fout l'camp d'tous les côtés ; on est trop p'tit. »

Oui, nous sommes trop petits pour contenir tout cela.

« Que faut-il dire aux hommes ? » se demandait Saint-Exupéry. Quelle énorme question ! Peut-être faut-il déjà essayer de « dire les hommes », tous les hommes, partout où ils sont, ignobles ou sublimes. Le tueur de Srebrenica, le SDF devant notre porte ou le prix Nobel de poésie. « Dire les hommes », les écrire, c'est inscrire, ligne par ligne, sur la longue liste des invités du banquet de Platon. Celui-ci a sa place. Et celui-ci aussi. Et cet autre… oui, lui aussi. Histoire de dresser la liste des convives dont chacun est un visage de l'humanité.

Les Mayas disaient qu'il existait un grand livre à Xochen, un ouvrage naturel que personne n'a fabriqué, un livre fabuleux qui mesurait un mètre carré et dans lequel tout était inscrit. Le livre tourne lui-même ses pages. Chaque jour, une nouvelle page s'ouvre et si quelqu'un veut en tourner une autre intentionnellement, il saigne parce qu'il est vivant. C'est peut-être notre tâche d'essayer de lire chaque page et de la raconter. Sans la déchirer.

Souvent, ce sont les écrivains qui saignent.

De Jean-Paul Kauffmann au Liban, je ne revois que son œil d'écrivain brillant d'enthousiasme. Que faisait-il là, lui, la plume de la rubrique culturelle capable d'écrire deux pages sur ses vacances sur une chaise longue ? Il avait suffi d'un reporter malade à remplacer pour que Jean-Paul parte, malgré le danger, vivre le Liban qu'il aimait d'amour fou. Il était même revenu accompagné de Michel Seurat, chercheur averti du Moyen-Orient. Les deux n'avaient pas dépassé l'aéroport. La guerre ne reconnaît pas l'innocence, venir ici est s'avouer coupable.

Trois ans dans l'obscurité d'une cave, entouré de geôliers abrutis, à entendre impuissant son ami Michel agoniser d'un cancer du foie de l'autre côté du mur. Trois ans à se réciter la liste des grands vins de Bordeaux, obstiné à ne pas renoncer à son humanité.

Une fois libéré, mot inapproprié, quand on lui demandait ce que ses ravisseurs lui avaient pris de plus important, il répondait : « Trois ans. Ils m'ont pris trois ans. » Je crois que ce n'était pas des 1 078 jours et nuits de captivité dont il parlait, mais de ce grand trou, à l'intérieur de lui. Des commentateurs pressés ont noté que Jean-Paul n'avait jamais écrit sur sa captivité, signifiant qu'il ne l'a jamais racontée avec des dates, des faits, une séquence – une anecdote, s'il vous plaît ? – alors que tous ses livres ne parlent que de cela : « Une part de moi-même erre à jamais dans le royaume des ombres. » Lui aussi sait que le temps n'a aucune importance. Comme l'exprimait l'orbite vide de mon squelette blanc au volant de sa voiture volatilisée.

Je suis saoul de noirceur. Ma quête tourne en rond comme un otage sans vasistas dans sa cave. Où est la lumière ? J'ai besoin d'une histoire d'amour. Pas d'une amourette, un spasme nocturne entre deux bombes, une nuit de circonstance pour oublier la guerre quand baiser remplace l'alcool et le valium.

Non, j'ai besoin d'une histoire d'amour, de celles qui résistent au temps et aux balles.

Deux amoureux sur la grande roue

J'ai rencontré Roger et Hanane sur la corniche de Beyrouth. Là-bas s'élève un étrange monument, une grande roue de fête foraine qu'aucun artilleur, jamais, ne semble avoir atteinte. Tous ceux qui passent sur le front de mer ne peuvent s'empêcher de la regarder tourner depuis des décennies comme si elle symbolisait à elle seule le destin de plusieurs générations. Elle se dresse à quarante mètres de hauteur, ronde et métallique, avec des cabines bleues, rouges et vertes d'où on laisse ses pieds pendre dans le vide.

Les enfants gâtés qui y prennent place sont, au départ, pleins d'excitation à l'idée de surplomber la rue, les maisons et la mer, sûrs de dominer le monde. Tandis que les cabines grimpent vers le ciel, les voilà soulevés par le frisson du danger. Là-haut, au zénith, tout n'est que feu, éblouissement et vertige. Puis ils redescendent et la peur s'envole en même temps que les illusions du début. En bas, une fois le grand tour terminé, ceux qui retrouvent la terre réalisent qu'ils ne seront plus jamais les mêmes.

Tout a commencé ici, voilà longtemps, sur la corniche. Cette nuit-là, Roger pressait le pas, inquiet. Au théâtre de Beyrouth, sa troupe devait jouer sa pièce *Majdaloun*, interdite par la police. Roger avait vingt-huit ans et déjà un parcours mouvementé. Fils de bourgeois, chrétien maronite croyant et pratiquant, marié, étudiant en quatrième année de médecine, son chemin semblait tracé. Jusqu'à ce que la politique chamboule tout, quand la blessure de la défaite humiliante des Arabes contre Israël avait réveillé son nationalisme.

Roger, en bon chrétien, s'est toujours penché sur les plus pauvres. En ce temps-là, les déshérités vivaient dans le Liban-Sud chiite aux côtés des Palestiniens. Le futur médecin abandonne ses études, se déguise pour se fondre dans la population, s'établit dans un village de pêcheurs, ouvre un dispensaire, travaille dans les champs. Désormais, son théâtre sera militant, camarades ! Comme cette farce politique, montée avec les villageois, où il était question d'un paysan insolent, d'une bouse de vache et d'un policier injuste. Quand les villageois ont fini par rosser le policier, le public s'est tordu de rire et les officiels présents ont quitté la salle.

À Beyrouth, la chose est plus sérieuse. Sa pièce de théâtre *Majdaloun* parle de la résistance palestinienne et, fiction prémonitoire, de l'invasion du Liban par Israël. La salle est comble, autant de spectateurs que de policiers. On fait le coup de poing, mais il faut céder. Tant pis ! On ira jouer dans la rue, en plein Hamra, devant le café Horse Shoe.

C'est le grand café de la gauche libanaise des années 1970 qui fume des gitanes sans filtre en préparant la révolution finale. Le rendez-vous des étudiants, journalistes, artistes et écrivains qui viennent s'encanailler en politique. Tous prêts à mourir pour la Palestine.

Parmi ceux qui applaudissent à tout rompre dans la rue, il y a Nassir, grec catholique, gamin d'Achrafieh, gros fumeur et buveur d'arak, futur prof d'anthropologie, toujours un bouquin dans la poche. Élie, l'intellectuel raffiné, lunettes rondes, doux et courtois. Elias, le grec orthodoxe, débraillé, impressionnant de courage. Et Assi, le géant en colère, théoricien respecté auréolé par sa toute récente expulsion de Paris. Toute une bande d'amis qui, « au nom d'une juste cause », sont prêts... à casser le pays.

Voilà, tout est en place, simple et cohérent. Une histoire de moujiks, de tsar et de la bande à Lénine. D'un côté, les opprimés, de l'autre, les oppresseurs. Et au milieu, sublime rempart, des intellectuels courageux. Contre l'oppression des bourreaux, la résistance des victimes. Elle est juste, inévitable, sacrée. Une violence révolutionnaire, celle qui change le monde, transforme le plomb des balles en or.

Je crois entendre les disputes familiales autour de la table du réveillon. Mes oncles poseurs de bombes de l'OAS, sûrs de lutter pour la juste cause de l'Algérie française. Et mon grand-oncle, communiste pro-indépendance, pour qui les tueurs du FLN – ceux qui ont mis fin à mon enfance – n'étaient pas des tueurs à gages, mais d'authentiques révolutionnaires. Même le gentil voisin policier répétait, en nous projetant des films en 8 mm de Charlie Chaplin, que les parachutistes qui électrocutaient des Arabes gavés d'eau dans les caves de la villa Sésini étaient de vrais chrétiens qui sauvaient des innocents de l'horreur des bombes. La violence est peuplée de braves gens.

On entre dans la guerre avec un but, une cause, une élégance de la pensée, on en ressort sale et brisé. L'alchimie de la violence malaxe, transmute, casse notre code ADN pour faire naître un être génétiquement modifié. « Quand l'opprimé prend les armes au nom de la justice, il fait un pas sur la terre de l'injustice », a dit le philosophe.

Une fois le noble concept de la violence révolutionnaire adoubé par l'intelligentsia, reste à plonger ses mains dans la merde. Pour Roger et ses amis, la grande roue de la fête foraine a commencé son ascension. Le Liban explose, Beyrouth est coupé en deux, les deux camps s'entretuent. En première ligne, Roger tient sagement son quartier, sans une perte, avant de céder la place à son successeur qui fait massacrer ses hommes, mais recule. Le sang fait office de médaille. Gloire au héros ! Roger le rêveur réalise qu'il hait la violence. Quand les combats font une pause, la bande désabusée du café Horse Shoe rend ses armes aux Palestiniens. Nassir le grec catholique a été blessé en prenant Tripoli à l'arme blanche, Élie l'universitaire grec orthodoxe retrouve sa fac, Elias le débraillé, ses romans, et Roger, son théâtre.

Au premier rang des étudiantes, le prof remarque, troublé, une jeune femme pâle aux yeux très noirs. Elle,

elle fixe cet homme lumineux aux cheveux bouclés et à la barbe fleurie. La jeune Hanane vient de Nabatiyeh au Liban-Sud, si cher à Roger. Et quand elle déclame *Le Songe d'une nuit d'été*, les autres se taisent. Elle a vingt-deux ans, lui, trente-huit, alors il détourne son regard. L'âge, voyez-vous. Ah ! L'âge.

À la maison, son couple fait naufrage. Pour pouvoir obtenir le divorce, acte interdit chez les chrétiens maronites, Roger se convertit à l'islam. Le voilà encore plus près d'Hanane, devenue un des piliers de sa troupe. Le maître fascine l'élève même si l'homme lui fait un peu peur. Roger n'est pas facile, ne transige pas, dérange. Avec lui, dit-elle, elle se sent « comme une goutte de mercure qui flotte, explore tout l'espace. Mais le mercure peut attaquer l'or. Oui, vivre avec lui est à la fois beau et dangereux ».

En découvrant les images des massacres de Sabra et Chatila, pour la première fois de sa vie Roger pleure. Lorsque vient le temps du désespoir, les femmes sont souvent plus fortes que les hommes. Hanane a réussi à pénétrer dans Chatila avec une caméra cachée dans un couffin de riz. Ses images feront référence, et Jean Genet écrira *Quatre heures à Chatila*. Genet, l'ami de Roger, qui lui dira un jour : « Le juste n'est pas à mi-chemin entre le juste et l'injuste. »

Je regarde Roger et Hanane, tous les deux, aujourd'hui, ensemble sur le sofa du salon, ils reviennent de si loin. Elle, de Californie, après un double master en biologie et en théâtre. Avant de prendre l'avion, elle a prévenu :

« Quelque chose en moi a changé. » À l'aéroport, elle est apparue, ses longs cheveux noirs pris dans le voile des croyantes, pas celui des intégristes. Roger comprend. Pas les amis : « Pas toi, Hanane. Pas toi ! » La conversion de Roger, le voile d'Hanane, c'en est trop : « Ils ont tourné Hezbollah ! » Eux regardent ailleurs. Après dix ans d'attente, Roger et Hanane deviennent mari et femme.

Quand je les ai quittés, Roger avait cinquante-trois ans et Hanane trente-sept. Et les deux amants s'aimaient toujours aussi fort. Ils vivaient à Zarif, le quartier du patriarcat, à bout touchant de l'ancienne ligne verte, mur de ruines balayé par les bulldozers, dans un appartement sans armes envahi par des remparts de livres et une armée composée exclusivement d'enfants. Hanane est devenue une grande actrice au Liban et Roger écrit une nouvelle pièce. Élie l'universitaire a émigré à Paris, Elias, le grec orthodoxe débraillé, écrit de superbes romans certes un peu douloureux, Assi, le géant en colère, a divorcé lui aussi et abandonné la politique, mais pas sa vision critique du monde qu'il enseigne à ses étudiants de philo. Et Nassir, le moustachu buveur d'arak, gravement blessé, a flirté un temps avec le Hezbollah, épousé une chrétienne convertie et voilée avant de divorcer d'avec tout le monde.

« Et après ? » Après, madame, il n'y a plus grand-chose. La violence est une fin, pas un moyen.

Palestiniens et Israéliens ont quitté le Liban, les Syriens l'ont tenu, le Hezbollah étrangle le pays et le Horse Shoe, le grand café des rêves, a été transformé en fast-food. Les idées de Roger ont perdu la bataille, les intégristes ont pris le dessus, la ligne de démarcation, même rasée, passe désormais à l'intérieur des cerveaux, les intellectuels de gauche ont vieilli, sont malades, fous, morts ou ne sont plus des intellectuels de gauche. Les anciens internationalistes marxistes des origines ont fini chefs de milice de leur quartier. Toute une génération de jeunes idéalistes s'est jetée à corps perdu dans la bataille, tous ont dérivé, beaucoup se sont perdus.

Bien plus tard, je suis revenu à Beyrouth en temps de paix. Tout était étrange. Les riches dégueulaient leur argent, les pauvres fouillaient les ruines de Sabra et Chatila.

Sur la corniche, la grande roue a terminé sa révolution. Une fois reposé le pied au sol, on peut déchirer son ticket. Il est temps de rentrer. Le Liban vient de m'offrir une première réponse : tout homme, tout pays, plongé trop longtemps dans la guerre, se voit renvoyé à l'âge des cavernes. La guerre est régression. *Betta splendens*.

En partant, Roger, l'ami de Jean Genet, m'avait soufflé : « Quinze ans de guerre, une montagne de souffrance et… quoi ? » J'ai failli lui dire que l'histoire ne retenait jamais l'essentiel, en l'occurrence l'épopée amoureuse d'un jeune chrétien et d'une chiite voilée qui s'aiment toujours sur les ruines et croient à la lumière malgré la nuit de Beyrouth. Et si la dame en bleu avait raison ?

Quand passent les monades

En mer

Rien de mieux qu'une couchette qui se balance au rythme maternel des vagues pour bercer le corps des marins fatigués. Une cabine en mer offre le plus doux des sarcophages. Dans le ferry de Beyrouth à Chypre, j'ai éteint la veilleuse à la tête de mon lit. Dans ces cas-là, je ne m'endors pas, je sombre. Moins un relâchement qu'une rétractation de soi, corps de plomb fondu. Une petite mort.

Au réveil, je reste là, longtemps, en état d'apesanteur, cherchant en vain à rattraper les images de la nuit qui s'enfuit. J'ai plongé une ou deux heures, mais j'ai l'impression d'avoir vécu toute une vie dans un autre monde, inconnu. Et si la vie qu'on dit vraie n'était qu'un songe ? Et que l'essentiel se déroulait ailleurs, dans l'espace que je viens de quitter et qui m'échappe déjà, ne me laissant que quelques bribes floues ?

Je convoque les « monades » de Leibniz. Que son esprit subtil de philosophe me pardonne. Que dit-il ? Le monde est Un – soit – mais quelque part, dans une lointaine galaxie, flotte l'Unité suprême dont nous, humains, ne sommes que de multiples reflets, de simples échos. L'humanité compterait donc sept milliards de monades, elles-mêmes composées d'autres monades, renvoyant de l'infiniment grand à l'infiniment petit.

Le malheur est que nos pâles reflets sur la terre sont capables d'appétition, donc dominés par la perception et ravagés par le désir. Des unités « pour soi » dotées, selon le penseur, d'une forme substantielle qu'on qualifie d'âme, faute de mieux. Je ne serais donc pas moi, mais la projection d'un autre, d'une monade qui vit dans un monde éthéré et lointain, hors du temps et des émotions et tire sans malice les ficelles de mon destin de marionnette.

Quand je plonge dans le sommeil, où est-ce que je voyage ? Vers quel univers ? Vers le bas, jusqu'à l'état végétatif d'une plante grasse endormie, aïe ! Ou, de préférence, en direction de la vie lumineuse d'en haut ? Et quand je crois me réveiller, est-ce que je n'entame pas en réalité une existence qui ne serait qu'un songe ?

Réveillé, mais encore endormi, j'essaie de retenir le moment du passage, mon corps absent, le cerveau clair, transparent. Mon regard ne passe plus par mes yeux aveugles, mais par un trou, quelque part au sommet du crâne, comme une bulle d'air dilaté, sorte de troisième œil. Endormi, mais hélas trop vite réveillé, j'essaie sans succès de retrouver la ligne invisible qui séparerait ma monade originelle et son écho ici-bas.

Et si la vie n'était qu'une grande illusion, et ma conscience, le passage furtif d'un artefact, reflet plus ou moins lumineux qui passe, glisse, rebondit sur ce qui n'est peut-être que l'écorce vitrée de la terre. Encore le vieux Leibniz : « Pourquoi y a-t-il quelque chose plutôt que rien ? » Les chercheurs ont calculé qu'il y avait plus d'étoiles dans notre univers que de grains de sable sur la terre, déserts compris. L'ironie est que je sois un de ces grains de sable. Quand passent les monades, je me sens minuscule.

J'ai quitté la radio peu après mon retour du Liban. À cause d'une image, de celles qu'on n'arrive pas à effacer. Celle d'un magnifique cheval bai dressé à l'entrée des camps palestiniens de Sabra et Chatila, les yeux exorbités, raidis dans la mort, sabots levés dans une vaine tentative de défense contre les humains qui l'avaient massacré. J'étais entré dans le camp au petit matin, après trois jours de tueries. Les phalangistes venaient de massacrer une population désarmée dans un camp palestinien contrôlé par l'armée israélienne. Au bout du fil, le secrétaire de rédaction parisien m'expliquait que le journal de la mi-journée débordait – conseil des ministres, gros accident de bus, match de football – alors que je lui balbutiais l'apocalypse.

On m'accordait une minute trente d'antenne. Pas une seconde de plus. Une minute trente pour dire un cheval figé dans l'effroi... Les tueurs de mon abattoir de Toulon avaient plus de délicatesse. Un an plus tard, j'ai démissionné.

Au quotidien *Le Matin de Paris*, Vincent, le directeur de la rédaction, caboche d'Irlandais et cœur gros comme ça, était d'une autre trempe. Même s'il faisait partie de ceux qui persistaient à me voir chef. Après trois mois de conférences de rédaction, de réunions de planning et de bouclage, la nouvelle de l'assassinat d'Indira Gandhi, Première ministre indien, est tombée au petit matin. Vincent m'a offert un café : « Tu veux prendre l'air ? » Le soir même, j'étais dans l'avion pour New Delhi.

Quand je suis revenu, l'émeute grondait à l'autre bout du monde, en Nouvelle-Calédonie, terre kanak et française. J'ai arraché un reportage, j'y suis resté huit mois. J'étais enfin reporter !

Au printemps suivant, on nous a annoncé l'arrivée de Max Gallo, historien de renom alors député socialiste. Tout le monde a compris : le PS lançait son OPA sur notre journal en grande difficulté financière. J'étais un journaliste de gauche, sans carte, pas un militant au service du parti. J'ai donné ma démission, une fois encore.

Le lendemain, la bouche pâteuse, j'ai regardé à travers la fenêtre de ma chambre un ciel parisien qui hésitait entre le gris clair et le gris foncé. Tout était à refaire.

L'ex-patron du *Matin*, Claude Perdriel, également propriétaire du *Nouvel Observateur*, était un des derniers grands hommes de cette presse qu'il aimait d'un amour sincère. Il avait créé et tenu à bout de bras *Le*

Matin de Paris, un gouffre financier, grâce aux bénéfices de sa société de W.-C. chimiques, comme aimaient à le souligner avec perfidie ceux qui font son contraire, c'est-à-dire de la merde avec de l'or.

À ma grande surprise, je me suis retrouvé dans le bureau du nouveau directeur de la rédaction, Franz-Olivier, récemment nommé à la tête de l'hebdomadaire pour écarter un Jean Daniel en panne. Les chefs se bousculaient dans les couloirs, moi je ne voulais surtout pas l'être, l'accord fut immédiat. Frantz, enfant prodige écorché vif, insupportable mais chaleureux et attachant, fonctionnait à la vitesse de la lumière. Il me suffisait de pousser sa porte avec un projet en tête : « Tu veux y aller ? Allez, fonce ! » Le seul inconvénient avec lui était son obsession à vouloir me transformer en journaliste politique. Alors, on marchandait le monde comme des tenants de bazar iranien :

– Ils ont tué Chico !

– Qui ?

– Chico Mendes, le défenseur de l'Amazonie.

– D'accord, mais tu me promets un portrait de Raymond Barre et tu m'écris ton reportage SIDA.

L'épidémie flambait. Et les traitements n'existaient pas encore. Pas de vaccins donc pas d'antivax, seulement des morts. J'avais traîné dans les bars du Marais, m'étais arrêté à l'entrée des *back-rooms* sordides où des grappes d'hommes nus s'emparaient d'autres à l'aveugle, au hasard, dans un mortel remake des *Nuits fauves*. Au matin, dégrisé, Philippe, l'un d'eux, m'avait montré son répertoire téléphonique, cimetière peuplé de noms de jeunes garçons barrés d'une croix. J'ai débuté mon article en pensant à lui : « Philippe a le SIDA, il va mourir, et il le sait. »

Et je suis parti en Amazonie.

On a tué Chico...

Brésil, Amazonie, 1989

Le Christ ne s'est jamais arrêté à Xapuri, minuscule trou vert au-delà des limites du monde civilisé, à trois mille kilomètres des plages de Rio, collé aux deux frontières du Pérou et de la Bolivie. D'un côté, la forêt, vers Lima et le Pacifique. De l'autre, la forêt, vers La Paz et les Andes. Partout ailleurs, la forêt.

Pour arriver jusqu'ici, il faut plusieurs jours et nuits, trois avions de ligne, un avion-taxi brousse et toute une journée de piste en terre rouge. Praticable quand il ne pleut pas. C'est-à-dire rarement. Au bout du chemin, Xapuri, minable localité brésilienne prise dans le nœud coulant du Rio Acre qui ferait mieux de se refermer sur le cou des brutes qui l'habitent. Tout y est : l'atmosphère de l'Ouest américain avant le chemin de fer, un shérif corrompu, des tueurs de séries B, des Indiens réduits à manger leurs singes en conserve et un homme, sorti de nulle part, décidé à s'opposer à l'injustice. Écrivez un scénario-cliché de ce genre et on vous le renverra à la figure. Et pourtant.

Dans mon dossier, de mauvaises photos montraient des cabanes de planches peintes en bleu et rose fluo, des rues noyées de gadoue sous la pluie ou embrouillées de poussière au soleil, une forêt rasée, remplacée par des palmiers nains de jardin, des bouquets de fils électriques et, tout autour, la platitude de l'Acre, défrichée au fer rouge, l'eczéma d'une terre écorchée vive par l'élevage extensif des vaches à longues cornes. Le grand gaspillage.

J'avais renoncé à la piste pour embarquer sur le Rio, une lenteur que je croyais nécessaire pour approcher l'homme, Chico Mendes, « seringuero », saigneur d'hévéa, l'arbre à caoutchouc bavant le latex qu'il récoltait dans de petits bols, en paysan méticuleux de la forêt, cette Amazonie que les *fazendeiros*, les colons-fermiers de Xapuri, rêvaient de détruire par le feu.

Je longeais son royaume par le fleuve. La pirogue, cher Conrad, remontait un domaine sans lumière brûlant de fièvres. La coque glissait sur une eau épaisse de boue, le moteur empestait le gas-oil et des nuages de moustiques géants vous grignotaient vivant. Plus je m'approchais de lui, plus ma conviction était faite. Je n'allais pas enquêter sur un mort, j'allais à la rencontre d'un cinglé. Un pauvre fou qui voulait sauver le monde. Il croyait pouvoir les empêcher d'abattre les arbres et ils l'avaient abattu. Il défendait la loi de la forêt et les autres ne connaissaient que la loi de la jungle. Il proclamait qu'il ne voulait être ni héros, ni mort, ni martyr, et aujourd'hui il était tout cela à la fois. Étrange bilan.

« On a tué Chico. » Drôle, le pouvoir des mots... Il m'avait suffi d'entendre cette phrase, à la consonance théâtrale, pour être convaincu que ce crime n'était pas comme les autres. Il fallait aller là-bas, enquêter sur place, l'exposer.

Panne de moteur. On répare sur la berge. Le monde poisse. La halte forcée nous laisse statiques et dégoulinants, offerts à la vermine. Tout le corps démange. Surtout, ne pas se gratter, tout s'infecte aussitôt. Un serpent jaunâtre long de plusieurs mètres traverse le fleuve. Monte l'odeur forte d'un monde végétal en putréfaction. Ici, tout naît, vit et pourrit sur place. Se sédimente. La course verticale vers la lumière de la canopée se termine inévitablement dans l'ombre des marais. Les arbres, les animaux et les hommes poussent, passent et périssent, voués à engraisser le même limon.

Mourir à la veille de Noël dans un pays sans sapin où les arbres restent verts toute l'année, quelle hérésie ! Il était 18 h 30 ce 22 décembre. Ce soir-là, les deux gardes du corps fournis par les autorités jouaient aux dominos, et Ilsamar Mendes a tendu une grande serviette à son mari. Dans ce pays, personne ne refuse une douche. Dehors, accroupis dans la broussaille, les tueurs attendaient. Voilà si longtemps qu'ils le guettaient. Lui répétait qu'on ne peut pas marcher sur les corps de soixante mille travailleurs de la forêt, prolo d'écologiste obstiné à professer qu'on peut saigner les arbres, pas les abattre, parce que, une fois la terre dénudée, le déluge du ciel ne laissait qu'une cicatrice stérile. Les autres parlaient de progrès, lui pointait les flaques de terre rouges, abandonnées, mortes, la forêt carbonisée et les terres rachetées à un prix dérisoire par des colons avides. Une forêt primitive magique convertie en mauvais pâturages pour mauvais buffles transformés en mauvais hamburgers.

Grands fermiers, colons, spéculateurs fonciers, tous en avaient assez de sa grande gueule. Ils l'avaient menacé. Rien à faire. Une tête de mule. Oui, il fallait l'abattre.

La nuit va tomber sur le fleuve, il faut essayer de dormir, recroquevillé sur la banquette gluante de la pirogue arrimée à un ponton de bois. L'obscurité résonne des cris de la forêt, des formes menaçantes glissent sous la coque, on fume sans discontinuer pour repousser les insectes attirés par la lampe torche. L'humidité dilue l'encre de mes notes. Je me suis gratté. Mon cou saigne. Attirant les insectes qui sucent la plaie. On arrivera dans pas longtemps, demain, promet un sourire édenté dans l'obscurité. Il a dit la même chose hier soir. Ce fleuve n'en finira jamais.

Voilà si longtemps qu'ils essayaient de le faire taire. Déjà, quelques années plus tôt, quatre hommes l'avaient poussé à l'arrière d'une jeep, séquestré, et sauvagement torturé en lui frappant la plante des pieds à coups de matraque avant de le jeter évanoui dans un fossé. Chico avait mis du temps à pouvoir remarcher. Et à se traîner, de maison en maison, chaque nuit, pendant trois mois. Ne plus sortir à la nuit tombée, varier ses itinéraires, entrer dans la forêt par l'est du rio, en ressortir à l'ouest.

Dix ans de traque, la meute sur ses talons, interminable chasse à courre.

Les autres, enragés, se sont mis à fusiller tout ce qui lui ressemblait. Une nuit, vers deux heures du matin, deux seringueros sont blessés par balle à ses côtés pendant l'occupation pacifique d'un institut théoriquement consacré à la protection de la forêt. Chico a lui-même raconté ses compagnons qui dormaient, les brutes qui tirent dans le tas, le bruit horrible, les cris, le sol visqueux de sang.

Un mois plus tard, un responsable du syndicat de Xapuri est froidement assassiné. En septembre dernier, encore un autre. Le cercle se refermait.

Un soir, il revient du bureau du syndicat avec six amis. Au bout de la rue, deux professionnels le mettent en joue. Ses compagnons font barrage de leur corps. Les tueurs s'en vont, fous de rage : « On reviendra ! »

Odeur de gas-oil du moteur qui redémarre au petit matin, le café a la consistance de la boue, et ta photo, Chico, me colle aux doigts. Une figure un peu ronde, des cheveux bruns, un regard de Bon Samaritain, une moustache légère et toujours ce sourire d'adolescent. Une menace, toi ?

Longtemps après, le tunnel vert s'est ouvert et la coque de la pirogue a cogné contre le quai des premières maisons de Xapuri. La case de Chico est à deux pas du débarcadère, entre le diocèse et la Banque d'Amazonie. Une baraque de bois, une vieille cuisinière marron, des ustensiles en fer-blanc, une rangée de livres sur une étagère et une porte arrière donnant sur la cabine de douche, collée à la broussaille.

Il aurait fallu résister à cette trop forte chaleur du soir à la veille de Noël. Les gardes du corps fournis par les autorités ont fait ce qu'il fallait, eux. Dès le premier coup de tonnerre dans le jardin, ils ont laissé tomber leurs dominos et se sont enfuis à toutes jambes. Ilsamar, sa femme, s'est retrouvée seule. Elle a vu la masse du corps de son mari reculer en titubant, rouler sur la table de la cuisine et s'écrouler à l'entrée de leur chambre. Chico serrait encore sur sa poitrine la grande serviette de bain qu'elle venait de lui donner. Un tissu sale troué de soixante plombs. Du calibre 12. Pour le gros gibier.

Ilsamar regarde l'étranger croûté de boue et considère sans rire mon nez transformé en aubergine par les moustiques du fleuve. Elle m'offre un soda, propose une douche. J'accepte le soda. La serviette sale est toujours là, dans une vitrine-sanctuaire à côté de son portrait, d'un morceau de latex brut et d'une montagne de médailles attribuées par les organisations de défense du monde entier. Au cœur de l'Amazonie, la reconnaissance internationale ne fait pas office de talisman.

Elle lui disait :

– Partons, Chico. J'ai peur. Ils vont te tuer.

– La peur n'avance à rien. Quand la mort doit venir, elle vient.

Elle insistait :

– Il faut partir. Maintenant.

– Partir, c'est lâche. Et puis il est trop tard. Je n'ai plus le choix.

Choisir est un luxe de nantis. On ne choisit pas de mourir de la sorte, massacré comme un sanglier un jour de battue. Ni de naître au pied d'un hévéa, dans le Brésil de 1944, à plus de deux jours de marche des premières cases de Xapuri. Survivre sans médecin, vivre sans électricité, grandir sans école et se lever avant l'aube dès l'âge de neuf ans pour aller entailler le pied des arbres géants de la forêt. Le chemin menait droit à l'ignorance crasse et au désespoir accepté. À moins de rencontrer un extraterrestre.

Fernando arrivait de la planète Bolivie. L'exilé communiste ne parlait pas comme un seringuero et tenait dans son sac quelque chose que le gamin illettré n'avait jamais vu auparavant : des journaux. Dans la malle aux trésors de l'exilé, il y avait aussi une radio à ondes courtes que le gosse écoutait en sautant de Radio Moscou à la Voix de l'Amérique. Quand le putsch militaire sanglant au Brésil a été salué par Washington comme « le triomphe de la démocratie », Chico a compris pourquoi son maître brûlait ses notes. Un an plus tard, Fernando, malade, a dû se rendre à l'hôpital, face à la caserne des militaires. Il n'est jamais revenu. Restait un jeune garçon de onze ans dont il avait fait, sans le savoir, un futur militant de choc.

Le reste est affaire de temps. Pas celui de Newton, celui d'Einstein qui permet à un enfant de courir tellement vite autour d'un poteau d'exécution qu'il rattrape son destin. À dix-neuf ans à peine, Chico tient des réunions pour expliquer aux seringueros pourquoi ils sont plus endettés après chaque récolte de caoutchouc. À vingt-quatre ans, il forme un groupe d'alphabétisation et le maire du village le convoque, le curé à ses côtés caressant sa croix, pour lui reprocher d'animer un « groupe d'agitateurs ». Pour éviter la prison, Chico se cache dans la forêt pendant plus de deux ans.

Quand il en sort, le jour de Noël, c'est pour annoncer, têtu, la création du premier syndicat des travailleurs ruraux. Ilsamar se rappelle ce temps où il n'avait même pas de quoi se payer ses cigarettes. Amoureux depuis l'enfance, amant à quinze ans, marié à dix-huit, son éternel voyage de noces consistera à sillonner le pays, de réunion en réunion.

Deux proches l'accompagnent : Wilson, président du syndicat et Osmarino, son second. Chico, Wilson et Osmarino, trois amis, trois frères. Wilson a été abattu de deux balles dans le dos sur sa chaise de président. Et les autorités ont accordé quatre gardes à Osmarino. Des experts en dominos, eux aussi. Quand Osmarino leur a demandé d'essayer leurs revolvers rouillés devant lui, pas un coup n'est parti.

Des gardes du corps qui jouent avec des pistolets en toc, l'ordre policier qui organise le désordre, un prêtre qui tripote sa croix et les enfants de chœur en confessant des assassins qu'il a absous d'avance, des banquiers locaux qui rêvent d'une succursale neuve, des prostituées pressées d'en finir avec les passes à deux sous avec des gueux puant la forêt, et des grands colons qui promettent d'engraisser tout le monde si on les laisse exploiter la mine de l'or vert, franchement, Chico, toi et tes syndicalistes en latex, vous n'aviez pas l'ombre d'une chance. La raison commandait de céder au progrès, de devenir éleveur, pour envoyer des vaches à l'abattoir plutôt que tes propres camarades, non ?

Dans les livres d'école, la violence se retourne toujours contre les méchants. Va pour les livres ! Ils sont censés éduquer des gens raisonnables. Mais le monde n'est pas raisonnable. Si une poignée de tueurs isolés finit parfois en prison, la violence politique reste le système de domination le plus efficace au monde. Sinon, pourquoi toutes les dictatures feraient-elles autant d'efforts pour emprisonner, torturer et assassiner ? Pendant combien de décennies le monde a-t-il dénoncé en vain l'Espagne de Franco, le Chili de Pinochet, le Cambodge de Pol Pot, l'Ouganda d'Amin Dada, la Corée du Nord de Kim Jong-un, la Syrie d'Assad et bien d'autres ? Pour quelques tyrans abattus, plus par la force que par la morale, combien d'autres sont morts paisiblement dans leur lit ?

Le généralissime Franco repose sous les fleurs d'un mausolée, le printemps arabe a pourri sur pied et le peuple russe, pourtant martyrisé, continue d'embrasser la moustache de Staline et le crâne chauve de Vladimir. La violence est une arme d'oppression massive. À condition de faire partie d'un système politique cohérent.

Dans Xapuri, les tueurs étaient salariés par les grands propriétaires terriens, eux-mêmes soutenus par les banques, couverts par la police et bénis par l'Église. Assis sur les bancs des Nations unies, les diplomates d'un Brésil moderne proclamaient la main sur le cœur leur volonté de défendre le patrimoine de l'humanité, mais s'empressaient en privé d'autoriser des autoroutes utilisées pour la grande invasion de l'Amazonie. Les puissants tiraient, à distance, sur la corde du pendu. « Nous sommes dans le nœud de la violence et nous y étouffons », a écrit le poète.

Dire non à la violence de tout un système, quelle folie ! Et Chico qui s'entêtait. Mon père n'avait pas eu le choix, lui, il n'avait pas dessiné une cible sur sa poitrine. Toi, oui. Est-ce que tu as pensé à Ilsamar et à tes enfants ? Toi disparu ne resteraient qu'une veuve perdue dans un bled et deux orphelins qui allaient traîner toute leur vie ta mort sur leurs épaules. Sale égoïste.

« Je me révolte, donc je suis. » Ce n'est pas la révolte qui est noble, mais ce qu'elle exige. De soi et des autres : « Je me révolte, donc nous sommes. » À quoi un esprit nietzschéen ajouterait : « Et nous sommes seuls. » Vous étiez seuls, Chico.

Vous connaissiez tous le prix d'une vie à Xapuri. Les tueurs ont reçu six cents cruzados pour la tête de Wilson, un peu plus pour la tienne, une misère compte tenu du prix de l'alcool et de l'inflation galopante. Ici, la vie ne vaut rien et la mort pas grand-chose. On commence par abattre un homme, puis on embauche un autre pour abattre le premier. On appelle cela « brûler les archives ».

Chico, lui, détestait les armes, mais adorait les échecs. Sa spécialité était l'« *empate* », le match nul. Le premier *empate*, historique, a eu lieu sur la propriété Carmen. En face, des policiers et des fermiers en armes, suivis d'ouvriers qui font ronfler leurs tronçonneuses. Derrière, il y a la forêt, encore debout. Et vous, au milieu, avec femmes et enfants. Bon, d'accord, on a caché quelques fusils sous les arbres, au cas où. Faut pas prendre les enfants du bon Dieu... Bref, quand les ouvriers se sont approchés, vous leur avez parlé, longtemps, pour leur expliquer que la forêt était votre maison, votre lieu de travail et que, malgré leurs tronçonneuses, ils étaient finalement plus proches de vous que des flics et des colons.

Six jours de confrontation, de palabres, de plaidoiries. Finalement, les ouvriers ont éteint leurs tronçonneuses : « *Empate.* » La forêt est restée debout. La partie nulle était une victoire. Le fou avait fait échec au roi. Tu ne connaissais pas Kasparov, Martin Luther King, Gandhi et René Dumont, pourtant tu as tout redécouvert en un coup magistral : la force du verbe, de la non-violence et la foi dans l'écologie. Avec toi, il y a eu d'autres *empate*, Chico, beaucoup d'autres. Beaucoup trop.

Le temps, Chico, le temps ! Il passe. Et quand il a passé, on parle d'une époque.

Nous n'étions pas encore à celle du « réchauffement climatique », ce mantra qu'on bégaie aujourd'hui que l'on soit lycéenne, conseiller municipal ou président et qui vous pare de toutes les vertus. Les regards du monde n'étaient pas obnubilés par la hausse du thermomètre ou la montée des eaux, mais par la crise du pétrole, l'islamisme naissant et le communisme finissant, la chute du mur de Berlin, un nouveau monde unifié, réconcilié, enfin, dans une marche vers la démocratie – ou le capitalisme –, universel. Je venais de voir tomber le mur de Berlin, les dictatures s'effondraient, l'horizon s'ouvrait. On avait bien autre chose à faire que de s'inquiéter d'un péquenot d'Amazonie mort pour avoir défendu le droit d'écorcher des arbres.

Son assassinat, sa révolte, son combat… au mieux une belle histoire. Sans voir que Chico n'était pas un accident de l'histoire, mais le début d'un phénomène mondial. Un prophète. Sans comprendre ce qu'il nous disait. Qu'un jour la fabuleuse forêt d'Amazonie, étiquetée poumon vert de la planète, nous recracherait plus de gaz carbonique qu'elle ne pourrait en absorber. Il disait : « Au début, je pensais que je me battais pour sauver les hévéas, puis j'ai pensé que je me battais pour sauver la forêt amazonienne. Maintenant, je sais que je me bats pour l'humanité. »

Chico, lui, n'avait pas besoin d'attendre les rapports du GIEC pour proclamer qu'on ne peut pas raser impunément la plus grande forêt primitive de la terre. Bouseux, va !

Lui, en revanche, nous connaissait bien. Très vite, il avait compris que la partie devait se jouer sur l'échiquier politique international. La Banque mondiale finançait le grand projet de la route BR 364. La saignée de la ligne d'asphalte devait filer tout droit à travers la forêt d'hévéas, drainer des milliers de crève-la-faim des favelas du sud en laissant derrière elle une coulée de cendres, de poudre et d'or.

Alors, il n'a pas mis sa plus belle cravate, mais celle, plutôt moche, qu'on lui a prêtée pour se rendre jusqu'aux États-Unis expliquer, chiffres en main, aux technocrates de la Banque mondiale, qu'une famille de seringueros collecteurs de noix du Brésil pouvait faire plus d'argent, oui, plus d'argent, par an et à surface égale, qu'une famille d'éleveurs ou de fermiers. « Argent » ? Ah, là, les banquiers attendris ont levé l'oreille. Ils ont pris note, ont soudain demandé aux autorités brésiliennes des garanties sur la protection des Indiens. Et ils ont suspendu le financement de la BR 364. Ce jour-là, tous les colons et les spéculateurs ont maudit bien haut le nom de Chico Mendes. Ce jour-là, Chico, tu étais un homme mort.

Je pose mon sac dans un hôtel en équilibre sur la boue du fleuve, prends une douche tiède et descends au bar commander un soda sans alcool. Le tenancier rigole. Quand je lui demande l'adresse de la famille Alvès, l'homme regarde dans le vide.

Les Alvès ? Des fermiers vaincus par un redoutable *empate* de Chico. Une famille invraisemblable qui relève plutôt du clan, du gang ou de la secte. Il y a d'abord Darli, le patriarche, lèvres minces, l'œil bleu délavé d'un tueur en série, entouré de ses vingt-deux enfants et de cinq épouses. L'une d'elles, Natalina, poitrine généreuse, me roucoule à l'oreille qu'il est impossible d'imaginer ce que signifie d'avoir Darli dans son lit – j'imagine, chère madame, j'imagine –, des pouvoirs érotiques qu'elle attribue à une recette d'une tisane maison. Et Darcy, vingt et un ans, l'un des fils, nerveux et le regard tourmenté. Et puis Alvarino, le frère, chapeau de cuir et moustache en paille de fer. Les Alvès ont un point commun. Ces gens-là ne discutent pas, ils tirent. Venue du centre du Brésil, la famille avait déjà une bonne trentaine de cadavres sur son absence de conscience. Et Chico Mendes commençait à les énerver sérieusement avec son bon droit et ses grands airs.

À Xapuri, à Rio Branco la capitale et dans tout l'Acre, tout le monde savait que Chico était en tête de la liste noire. Quelqu'un avait même publié un avis dans le journal local ! Ce n'est plus une mort annoncée, mais une exécution publique. Chico a d'ailleurs écrit une longue lettre aux autorités dans laquelle il désigne les exécuteurs, les Alvès, leurs commanditaires, les grands fermiers et leurs complices, ces policiers dont le poste se trouve à vingt pas de sa maison. Chico donne même les noms et prénoms des tueurs qui rôdent autour de chez lui. Point par point, le syndicaliste décrit le mécanisme qui va le tuer. Et personne ne bouge.

Je me réfugie à l'église, vide.

Agenouillé, Gilson parle à voix basse. Cet ancien prêtre défroqué, ami de Chico, a rendu sa soutane quand sa hiérarchie l'a sommé de choisir entre l'action sociale et l'eucharistie, « le corps du Christ... *Deo Gracias !* » fait de chair et de sang, murmurait mon curé savoyard en donnant la communion. Gilson confie que Chico n'aurait jamais imaginé que sa mort fasse autant de bruit. Il était avec lui une heure seulement avant son assassinat. Bizarrement, tu étais serein, Chico. Vous aviez même acheté deux ou trois buffles pour faire une énorme grillade pour la fête du congrès. Chico devait être témoin trois jours plus tard du mariage de l'ancien curé, « Péché de chair, pardonnez-moi, Seigneur ! » et ils fêtaient l'arrivée du nouveau camion flambant neuf de la coopérative.

Il n'y a pas eu de mariage et le premier voyage du camion frigorifique a servi à transporter le corps de Chico à la morgue.

Darli et un de ses fils ont fini par se livrer, mais l'autre a pris la fuite et Natalina, son corsage abandonné, se languit. Le juge chargé de l'enquête a déjà reçu ses premières menaces de mort et l'évêque de Rio Branco, aussi têtu que Chico, a montré du doigt l'union des grands fermiers de la région.

Leur avocat bagué d'or plaide la « conspiration », le complot de l'Église et des communistes qui t'auraient fait tuer, Chico, pour faire de toi un innocent utile, un martyr de la lutte des classes. Un complot, on vous dit ! L'avocat soupire : mais la route, monsieur, la route ! La BR 364 nous aurait sortis de la misère, de la faim, de la malaria, de l'ignorance. Allez ! L'écologie n'est qu'un luxe pour Européens comme vous. Au passage, un conseil, l'ami, ne restez pas trop longtemps ici, à fouiner. La misère, voilà la vraie catastrophe ! Chico, le parti, l'évêque, les écologistes, tous des marxistes ! On n'est pas assez stupides pour leur offrir un cadavre, un martyr et un héros, non ?

C'est pourtant exactement ce qu'ils ont fait.

De retour au Brésil, neuf jours avant sa dernière douche à la veille de Noël, Chico a donné sa dernière interview. Il disait que si sa mort pouvait renforcer la lutte, cela vaudrait la peine de mourir. Mais que l'expérience nous enseignait le contraire. Tu disais, Chico, que tu voulais vivre. Et qu'un enterrement ne sauverait pas l'Amazonie.

Rio amer. En quittant Xapuri, j'avais un goût d'eau boueuse dans la bouche. Fleuve de nausée. Depuis, je compte les arbres vivants qu'on abat. Chaque année, une cinquantaine d'écologistes tombent au Brésil, cela fait pas mal de serviettes trouées ! Deux cents défenseurs de l'écologie assassinés en moyenne chaque année dans le monde, cela équivaut à quatre morts par semaine, dimanche et Noël compris. En vingt ans, on a dépassé la barre des mille cinq cents cadavres. Et les poursuites, les enquêtes, les condamnations, la police, les magistrats, la justice ? Rien ou si peu. Le silence complice. Au mieux, la lâcheté. Au pire, l'impunité.

Je l'ai vu sous le soleil noir de Mexico, ville empoisonnée par la pollution, où Elisa, une jeune Indienne de vingt ans, ses yeux rouges qu'elle frottait sans arrêt, ne faisait plus sécher son linge dehors sous peine de le récupérer au matin sec, mais noir.

Je l'ai vu dans les mines de mica à ciel ouvert du Jarkland, à une journée de voyage de Calcutta, où la terre étincelle comme un grand miroir brisé, taupinière que des gosses creusent dès l'âge de cinq ans, en respirant les fabuleuses paillettes dorées du mica qui nourrissent nos précieux téléphones portables et font briller les lèvres de nos élégantes.

Je l'ai vu en Patagonie, Terre des Géants, au bout de la Carretera Austral, où le vent glacial fait hurler les murs de pierre. Un million de kilomètres carrés, la plus grande réserve d'eau douce de l'Amérique du Sud, des glaciers, autrefois éternels, qui s'effondrent dans la mer avec un bruit de fin du monde, où des ingénieurs en blouse blanche dessinent des barrages hydroélectriques assez profonds pour engloutir une civilisation.

Je l'ai vu en Afrique, au Rwanda, à trois mille mètres d'altitude, dans les montagnes noyées par une brume éternelle, au pied de la tombe de Dian Fossey, qui faisait figure d'emmerdeuse à force de vouloir sauver « ses » gorilles et qui en est morte, débitée à la machette une nuit dans son lit.

Que d'arbres vivants abattus !

Je suis reparti. L'avion survolait cette Amazonie qui t'a englouti. La forêt a toujours fait peur à l'homme. On est bien mieux dans sa grotte devant un bon feu, non ? Tu savais qu'il y a peu en Europe une forêt avait abrité l'enfer. Pas la forêt de caoutchouc de chez toi, non, de simples hêtres, troncs droits et écorce lisse. Du bois blanc, bien blanc, la couleur des civilisés. En allemand, on l'appelle « Buchenwald », la « forêt des hêtres ». La forêt des êtres. La forêt des fantômes des êtres d'autrefois.

Nous la portons en nous, depuis le début, cette mort dès la naissance, comme une forêt en putréfaction permanente. « Buchenwald », la forêt des êtres qui ont été et ne sont plus. À quoi est-ce que cela nous condamne ? Au désespoir. Ou à l'espoir, forcément. Vivre forcément. Comme des forçats. *Forza !* Allez, il faut savoir renoncer au malheur.

L'Amazonie enseigne qu'il faut parfois qu'on abatte des hommes pour que les arbres repoussent. Tu disais, Chico, que ta mort serait inutile. Pardonne-moi, mais pour une fois je crois que tu t'es trompé.

Il suffit de dire non, jusqu'à la fin, même si elle est écrite d'avance. Et de déposer sa pierre, petit caillou blanc à côté des autres sur le chemin, en sachant qu'on ne verra pas la route achevée. Nous sommes grains de sable et le monde est gravier.

Toi, prophète de l'écologie, tu n'as pas eu le temps de l'apercevoir, mais, au bout de ton obscur tunnel vert, il y avait de la lumière.

« Messieurs les Assistés »

Paris, décembre 1988

« Mes amis !... »

Le jour va pointer. À la radio, j'écoute en rediffusion la voix d'outre-tombe de l'abbé Pierre lancer son appel pour les pauvres par une nuit glaciale de l'hiver 52. Les riches ne peuvent pas l'entendre, à cette heure-là, ils dorment encore. Les pauvres, eux, se lèvent toujours tôt. Ils ont dû être contents de savoir qu'on parlait d'eux.

Les « pauvres », qu'est-ce qu'on en sait ? On les cite une fois par an dans les rapports de la Banque mondiale ou sur la place du Vatican à Rome, *urbi et orbi*, un peu plus souvent dans les faits divers des journaux et, toujours, dans les campagnes électorales. À coups de statistiques, de courbes et de pourcentages, on en fait de la bouillie de chiffres. Bouillie cuite et recuite. Les pauvres, faut bien désinfecter. Quand ils vivent à l'étranger, ils sont visibles, marqueurs du tiers-monde, l'autre monde. Ils sont aisément reconnaissables, maigres et le ventre bombé, mourant de faim au Sahel ou de maladie dans des camps de réfugiés, la faute à la guerre ou à la sécheresse, tout s'explique.

Et chez nous ? Ah, là, ils existent mais on ne les voit pas. Les pauvres exhalent, il est vrai, leur odeur, un mélange de bois mal brûlé, de crasse et d'humidité, l'odeur du quart-monde de ce bidonville qu'on frôle sur le pont, en arrivant à l'hôpital Avicenne à Bobigny. Suffit de relever la vitre de la voiture. Et de rouler en regardant droit devant soi. Bien gérés, les pauvres sont invisibles.

Je m'en suis aperçu en rentrant de l'étranger. Un voyage de plus. Toujours cette frénésie de reportages. Les années défilent et rien n'y fait. Je dirais même que cela s'aggrave. Ma quête initiale s'est emballée, frustrée de ne pas trouver de réponse globale, sinon des bribes d'explication. Alors, je cours. De Beyrouth à Tel-Aviv, de Damas à Bagdad, de Santiago du Chili à La Havane, de Bangkok à Shanghai, d'Asmara à Johannesburg, de Port-au-Prince à Nouméa. Et jusqu'à Irkoutsk. Et bientôt – les trois en même temps, erreur fatale – de l'Algérie à la Bosnie et au Rwanda.

J'ai appris à composer un sac. Un seul, léger, souple, jamais de valise. Du linge pour huit jours. Cela suffit pour trois mois. Une trousse de pharmacie, un foulard pour la chaleur, une polaire pour le gel. Le plus lourd, inévitable, m'est imposé par la guerre en hiver : anorak, gilet de combat, casque, téléphone satellite, trente kilos sur les épaules, et l'air d'un sapin de Noël sans les guirlandes lumineuses.

Je passe ma vie sur le terrain, écris dans les hôtels, dors dans les avions et ne repasse par Paris qu'en courant jeter un coup d'œil sur la mise en page du prochain article, pressé de repartir. Paris grelotte et je crève de chaleur au Congo, Paris découvre le printemps et je manque de mourir d'hypothermie au Caucase. Chaque plongée en eau trouble, chaque retour en surface est un choc. Question d'habitude. Je le croyais.

Cette gifle, pourtant, je ne l'avais pas prévue. Mon sac sur l'épaule en revenant de Kaboul, je traverse la place de la Bourse pour retrouver la rédaction. C'est décembre, il fait déjà nuit. Sur la place, une foule attend en silence, sagement alignée sur un seul rang. Ce n'est pas une manifestation, on ne proteste pas la tête basse. Tiens ! Une soupe populaire face au palais Brongniart, entre le bureau de l'Agence France-Presse et *Le Nouvel Observateur*, la caricature paraît grossière, non ? Le chef du service société, l'air embarrassé, confirme. Oui, la chose se répète sous nos fenêtres, deux fois par semaine depuis le début de l'hiver, obligeant les journalistes à contourner la cohorte en sortant du métro. Non, aucun reporter n'est allé se mêler aux sans-abri qui font la queue pour une soupe chaude.

Il suffirait pourtant de descendre deux étages, un déplacement au plus court, pas besoin de fixeur ou d'interprète, suffit de faire la queue avec les autres, d'avaler une soupe Royco, et de les suivre : le reportage le moins cher de la terre. Personne n'y a pensé. Devant mon air ébaubi, le chef promet. Et je repars. Un mois plus tard, il fait encore plus froid, même attroupement, même silence. Trop de travail au journal, paraît qu'on manque de plumes. Encore un mois et nous sommes en février, Paris est glacial cette année et la soupe populaire refroidit. Toujours rien dans le journal. Le chef regarde ses chaussures. J'ai compris. Personne n'a envie de battre ce pavé-là.

Je reporte la guerre à venir, rentre chez moi, fouille l'armoire à la recherche d'un vieux manteau et de cette chapka en lapin qui m'a sauvé la vie une nuit, dehors, par moins dix-huit degrés, à Spitak, lors du tremblement de terre en Arménie. Tous les immeubles étaient effondrés, la nuit arrivait, nous étions dix-huit, serrés autour d'un feu de cageots qu'on brûlait par petits carrés. Au petit matin, deux de mes voisins étaient morts, le troisième agonisait. Et il m'a fallu plusieurs heures pour retrouver l'usage – partiel – de mon cerveau gelé. D'aucuns disent qu'ils ont laissé leur cœur dans un pays, moi, cette fois, une certaine quantité de neurones.

J'avertis Marie, la mère de mes jumelles, que je repars quelques jours en voyage à Paris. Elle salue, en souriant, ma capacité à être absent, même présent, et me tend amoureusement un gros bonnet de laine supplémentaire. Je m'accorde de quoi payer un sandwich et je plonge dans un pays inconnu, la rue de Paris.

Voilà combien de nuits que je traîne dans la ville ?

J'ai perdu les compagnons du départ, ceux de la place de la Bourse, occupés chacun à trouver de quoi manger, dormir, se couvrir, survivre. Mon pécule envolé, je refuse de faire la manche et cours les soupes populaires. Je suis sidéré par la vitesse de la chute. Au bout de deux, trois jours, j'ai l'impression de me dissoudre, cerveau délavé dans un corps sans force.

Il est quatre heures du matin. La ville est suspendue dans la brume, la nuit est toujours là, le corps a perdu sa bataille contre le froid. Quelle température fait-il ? Quatre degrés au-dessous de zéro, moins encore sous la lame du vent. Ne sais plus. Les pieds sont gourds, le crâne douloureux, je suis gelé, mal à l'estomac, aux jambes, au dos et aux épaules à force de les contracter toute la nuit contre l'hiver. Impossible de s'asseoir, le sol est gelé, les murs de glace, la ville banquise. Le froid est à l'intérieur de nous. Le pire est la pluie. Tout est mouillé, se dégrade, les vêtements, la peau, les cheveux. L'homme transformé en serpillière humide dans le caniveau.

Il est cinq heures du matin. La grille du métro du Pont-Neuf reste fermée et la ville aveugle passe sans voir ces somnambules enveloppés de chiffons qui mettront la journée à extirper cette petite mort en eux. On ne dort pas dans la rue, on somnole, l'œil en alerte en attendant le jour, avec la peur des voleurs, des rôdeurs, des violeurs, des jeunes cons noctambules, des rats et des malfaisants. Peur des autres, de soi et de ses cauchemars. La nuit dans la rue vous laisse nu et transi.

Il est midi, gare de Lyon, veille des vacances. Ce matin, il a un peu neigé. Mauvais signe. Dans les couloirs, nous sommes quelques-uns à essayer de dormir pour prendre de l'avance. Sur les quais court la foule des bonnets de couleur en route pour la neige des riches. Le « Moujik » tourne le dos aux TGV. En chapka sale frappée de l'étoile rouge, il psalmodie, grimace ou sourit, au gré de son monologue intérieur, le nez collé sur une borne lumineuse SNCF, fidèle face à l'autel. Lui aussi emmagasine de la chaleur.

Au bout du couloir, le guichet des toilettes tarifées à cinquante centimes. Autant pisser contre les murs. Ou s'accroupir, honteux, dans le tunnel du métro, au risque de se faire emporter par une rame – « suite à un incident technique ».

Vingt heures trente, zéro degré, pont d'Austerlitz.

« T'as une cigarette ? » Le jeune Noir bégaie, pupilles dilatées, col grand ouvert. Avec le crack, il ne sent plus le froid. La péniche de l'Armée du salut est ancrée au bord de la Seine. Coup d'œil à travers le hublot. Lumière glauque au ras de l'eau et éclats de bagarres d'ivrognes. Je renonce. Près des entrepôts de Mondial Moquette, les murs sont troués, creusés à la main par des squatters troglodytes. À l'intérieur, la loi du plus fort, le partage de l'alcool et des femmes, à coups de lame de rasoir, endroit dangereux dont il ne faut pas s'approcher. Grottes urbaines ou campements dans les forêts, les bidonvilles d'antan renaissent, undergrounds sordides au cœur de la cité.

Place de la Bastille, vingt-deux heures, moins un degré.

Explosion de lumière, la ville du vendredi soir est en fête. La tête vous tourne. Découverte d'un reste de sandwich sur un banc constellé de crachats verts et de canettes de bière. Dans la rue, tout le monde boit. Contre le froid, le cafard, les souvenirs, pour oublier qu'on pue, qu'on devient vieux, moche et que la rue lessive jusqu'aux plus jolis visages. Celui de cette jeune femme rousse aux yeux bleus, coquette, qui passe son temps à refaire ses nattes et à se peindre les ongles en violet. Là, ce soir, son chariot est renversé, sa bouteille cassée a taché ses vêtements de vinasse rouge. Violée, elle pleure. La rue est implacable pour les femmes.

Minuit, place de l'Hôtel-de-Ville, moins deux degrés.

Entre le bonnet et l'écharpe de laine émerge un visage à la peau noire et au sourire permanent : le « Roi Jean », né au Congo, enfant-soldat recruté de force à quatorze ans. Avant chaque attaque, son chef lui faisait avaler un mélange de caféine pure et de poudre à fusil. Une bombe. Je revois ces gamins de Sierra Leone ou du Liberia, yeux exorbités, le doigt sur la détente de leur kalachnikov, prêts à vous égorger comme on crache un bonbon. Ils nous terrifiaient. L'enfant du Congo a fui pour devenir le « Roi Jean » de la rue de Paris. Depuis quatre ans. Toujours de bonne humeur. Il dit que tout cela s'arrêtera un jour. Quand l'adulte aura oublié son enfance assassinée, le sang, la caféine, la poudre à fusil et tout ce qu'il ne veut pas me raconter ce soir.

Deux heures et demie du matin, rue de Rivoli, moins quatre degrés.

Lui fait vraiment peur. Pas pour vous, pour lui. Il n'a rien, ni duvet ni couverture, pas même un manteau, gît recroquevillé sur une bouche d'air chaud, regard fou fixé sur une piqûre invisible à la saignée de son coude, une seringue vide à ses pieds. C'est l'heure où la maraude du SAMU social sauve des vies : « Monsieur ? Une soupe chaude, un duvet ? » Lui ne répond même pas. Plus loin, un ancien légionnaire brame : « Sais pas écrire. Mais donnez-moi un flingue, ça, j'ai appris ! » Un gamin, l'arcade abîmée par les coups, répète : « Le problème, c'est ma tête, j'ai toujours mal à ma tête. » Et puis il y a Maxime, qui délire comme d'habitude : « DST, DGSE... n'essayez pas de savoir qui je suis, hein ! Je suis le dieu Caméléon. Et j'ai toujours pué du slip ! » Et ce quinquagénaire espagnol, fils de grande famille, qui mélange Valium, rhum et amphétamines, et répète : « Moi, je veux seulement mourir. Allez, aide-moi, frangin ! »

Il y a là de quoi peupler une unité de soins d'urgence psychiatrique, mais, par économie, les comptables de la santé ont sauté à pieds joints sur les thèses de la « psychiatrie ouverte » pour vider nos asiles, trop chers. On a mis nos fous à la rue, cela tombe bien, la rue rend fou.

Six heures trente, dans le centre d'accueil Emmaüs. Il fait vingt degrés centigrades. Les tropiques ! Café noir, chocolat chaud, pain, beurre, confiture, tout est frais et bon. En sortant, le jeune homme sans vêtements au regard fou est toujours là, étalé sur sa bouche d'air, le ventre brûlant, le dos gelé. Abandonné.

Je remonte vers l'Hôtel de Ville, aperçois deux élégantes, des jumelles, magnifiques jeunes filles qui discutent avec leurs amis. M'approche en silence, barbu, bonnet enfoncé sur la tête. Un premier regard où je lis de la compassion. Un deuxième, l'effarement : « Papa !! Mais… qu'est-ce que tu fais là ? ! »

Bonne question. Jusqu'ici, je me suis laissé dériver. Le jour à sillonner la ville à la recherche d'un petit déjeuner chez Emmaüs, d'une soupe populaire à l'Hôtel de Ville ou à l'église Saint-Eustache, recroquevillé la nuit sur une bouche d'air chaud du métro ou dans une encoignure de porte de grand magasin, toujours au centre-ville, le plus éclairé, le moins dangereux. La rue n'est pas la bohème, mais un métier à temps plein. Le plus dur est de trouver un point d'eau chaude, discret, pour changer de chemise, se laver et sécher ses sous-vêtements. Rien n'y fait. L'odeur reste. Celle d'un champignon qui pourrit sur pied. Aujourd'hui encore, il suffit que je ferme les yeux pour la retrouver, intacte, étrange mélange aigrelet et rance, poisseux. L'odeur de la poisse. Elle vous colle à la peau.

Voilà plus de deux semaines que je tourne en rond. Et je sens que mon projet prend l'eau sale. J'ai de plus en plus de mal à articuler mes notes. Mes phrases sont courtes, sans sujet, sans verbe ; la rue me gagne. Combien de temps vais-je continuer à errer, à jouer les voyeurs de la misère ?

Un jeune fêtard m'a craché dessus, cela apprend l'humilité. Une vieille dame m'a tendu une pièce et j'ai eu honte. Je partage le sort de mes nouveaux compagnons de rencontre, mais je ne le vis pas vraiment, parce que, au fond de moi, je n'accepte pas d'être traité comme eux, d'être réduit à une serpillière. N'ai pas encore franchi le dernier cercle. Il me faut aller plus loin, accepter le sort des naufragés involontaires, renoncer à toute dignité, implorer de l'aide.

Le Roi Jean m'a parlé d'un centre d'accueil municipal pour la nuit, dans le quatorzième arrondissement, et il a éclaté de rire en me précisant l'adresse, rue du... Château-des-Rentiers.

J'y suis. Il est 17 h 00 et il fait déjà sombre. Deux cents personnes piétinent de froid devant le guichet d'un sinistre bâtiment en briques sombres. Ici, le Bureau d'aide sociale offre un repas chaud et un lit. J'ai hésité, sûr d'être rapidement démasqué par l'œil d'un professionnel qui aurait tôt fait de repérer l'imposteur, le faux SDF parmi les vrais. Au début, j'ai cru m'être trompé d'adresse. Il y a bien quelques clochards qui attendent l'ouverture, assis en rond autour d'une bouteille, une poignée de migrants africains et la cohorte des hommes sans âge. Mais que font là ces ouvriers en bleu de travail, ce cadre en manteau sombre, attaché-case à la main, et ces hommes jeunes, en chemise et cravate ? Après les chômeurs pauvres, voici les travailleurs pauvres.

« Première nuit. Pour les inscriptions. Approchez ! » J'avance, tête basse, mon bonnet au ras des yeux. Précaution inutile. L'employé examine les papiers, pas les visages. « Z'êtes français ? C'est marqué où ? » À l'intérieur, tout est gris et lisse, entre hospice et usine désaffectée. Le règlement est affiché sur le mur : séjour limité à trente jours d'affilée, ni retard ni absence autorisés, même une seule nuit, sous peine de perdre sa carte poinçonnée et d'exclusion, pas de « litron » à l'intérieur, pas de tabac, pas d'insultes ou de rixes, interdiction de changer de lit. Interdiction de choisir. Un grand écriteau précise : « Messieurs les Assistés. » D'emblée, on sait ce qu'on est.

Repas à 18 h 00. Les cloches, les migrants, les ouvriers en bleu de travail, le cadre et les jeunes en cravate, tout le monde prend place autour de la table. Les lentilles sont tièdes et les yeux du bouillon vous fixent d'un air glauque. Les habitués mettent de côté la portion de confiture Duchesse pour le petit déjeuner du lendemain et les deux saucisses pour le midi. Un homme sort de son blouson un sac plastique bourré de morceaux de sucre, les étale du plat de la main et les compte, un à un. Fait mine de ranger son sac, se ravise et recommence, inquiet. Trois fois d'affilée. L'inventaire de son trésor.

« Bon Dieu de bon Dieu ! » Mon voisin râle. En quittant l'hôtel ce matin, il espérait bien ne pas se retrouver là. Cyril, garçon de café de vingt-huit ans, court après les extras. Chaque matin, à l'aube, il retire ses vêtements de travail à la consigne de la gare de l'Est et fonce « Chez Pierre », l'agence d'intérim, pour attendre un coup de téléphone de patron de bistrot. À Paris, il n'y a pas de toit disponible, mais des milliers de bars. Il a connu les hôtels minables ou les nuits blanches sous les bretelles d'autoroute, entre les cartons et les rats. Une fois, il a même réussi à décrocher un emploi à temps plein dans un café du boulevard Bonne-Nouvelle. Cyril s'est acheté une veste neuve et a attendu en sifflotant un métro qui n'est jamais venu en ce jour de grève de la RATP. Il a couru des kilomètres, est arrivé en nage mais avec une heure de retard. Trop tard. Fallait être à l'heure ! L'odeur de la poisse.

On marche dans la cour, lui tête nue, moi avec ma chapka : « Sors pas avec ça, ça te donne l'air d'un clochard. Faut pas. » Il soupire en tâtant ses poches. Lui reste quelques pièces, pas de quoi se payer ses deux paquets de cigarettes quotidiens. Voit un jeune qui passe en fumant – « Hé, bonhomme ? T'as pas une... » –, l'autre baisse les yeux, passe son chemin, chacun pour soi.

Je ne vaux pas mieux. Combien de fois ai-je regardé ailleurs quand un inconnu me demandait une cigarette, une pièce, un ticket-restaurant ? Désolé, j'étais pressé, sans monnaie, préoccupé par un article en retard. Nanti. « Hé, bonhomme ? » Pas le temps. J'ai peut-être croisé Cyril, garçon de café qui m'aurait servi un express à une terrasse de bistrot. À qui j'aurais laissé un pourboire. Royal, mon prince !

« Messieurs les Assistés... » La douche est obligatoire. À l'entrée des vestiaires, un fonctionnaire obèse tend son doigt boudiné vers un tas de torchons cousus en rond, simple rouleau d'essuie-main : « La serviette, elle s'appelle reviens ! » Et le savon ? « Y en a pas. Cherchez par terre dans les douches. » Pas de savon, pas de porte aux cabines, les assistés pataugent en groupe dans la souille des autres. Un ivrogne pète, un migrant lave son linge, un Noir chante sous l'eau chaude, son voisin se tait. Barbe et cheveux longs, blouson et santiags éclatés, écouteurs sur la tête, « Jésus », son surnom, émerge de la buée, ne regarde personne, comme s'il refusait d'appartenir à ce monde-là, simple accident de son parcours terrestre.

À la télé, les blagues du feuilleton ne font rire personne, mais mon voisin fait un bras d'honneur à la pub qui vante un safari au Kenya. À l'annonce du rapport du quarté, on fait silence. Les néons se rallument brutalement, quatre employés en blouse blanche bousculent un homme endormi : « T'es saoul. Dehors. C'est le règlement. » Il se relève, titube, grommelle : « Mon sucre. Faut pas que j'oublie mon sucre. »

Extinction des lumières à vingt et une heure. Des lampes de poche s'allument. Un adolescent dévore un article du *Monde diplomatique* sur les « bas-fonds de la société américaine », un étudiant africain prépare son contrôle sur l'électronique et un vieillard de cinquante ans, pieds nus dans les mégots au milieu des cafards, attaque un livre : « L'Évangile selon saint Jean. Ça a l'air pas mal ce truc. »

Vingt-deux heures, troisième étage, lit n° 3054, le mien. Parmi une centaine de personnes, chambres de cinq séparés par une cloison à mi-hauteur, un sommier en fer, un matelas constellé de grosses taches sombres, de merde, de vomi et de sang, sans draps, une taie d'oreiller noirâtre et deux couvertures qui ont déjà servi cent fois. Cyril me conseille : « Fais gaffe aux puces, aux punaises et aux voleurs. Ça pique un max, ici. » On se couche tout habillé, sa sacoche sous la tête, sans pouvoir dormir. Trop froid, trop humide. Je serre mon sac. À l'intérieur, ma carte de presse n° 39235. Je revois Patrick McGoohan, dans ce vieux feuilleton, *Le Prisonnier*, qui s'écrie : « Je ne suis pas un numéro, je suis un être humain ! » Et j'éclate de rire. Mon voisin, réveillé, m'injurie, furieux, avant d'être emporté par une quinte de toux.

Ah, il faut les entendre tousser ! Me rappelle une nuit dans un camp de réfugiés kurdes irakiens, accroché sur une pente enneigée de Turquie. On vous tendait un paquet de chiffons : « Mon bébé. Malade. Faites quelque chose ! » On ouvrait le paquet. Le bébé était déjà mort, fripé.

Ici, dans l'asile de nuit parisien, ce n'est pas une toux, mais une plainte, un râle qui déchire les poumons, fait grincer les ressorts des sommiers, se propage de lit en lit, sur les trois étages d'un dortoir sans plafond remplacé par une simple verrière. Toute une humanité qui gémit.

Moi ce n'est pas la toux, mais un petit volcan qui me secoue. Tout cela n'est que charité, soit. Mais pourquoi messieurs les Assistés n'ont-ils pas droit au chauffage en hiver, à une vraie serviette de bain, un bout de savon, du papier dans les toilettes et des draps pour les protéger de l'ordure ? La pauvreté, monsieur l'Assisté, cela se paie, forcément.

La manière porte un nom : violence sociale. Pas besoin d'obus, de balles ou de couteaux. Pas de massacres au grand jour. Jamais de procès. Six cents victimes par an, souvent anonymes, enterrées dans une concession individuelle publique, l'ancien « carré des indigents ». Guerre d'attrition. Un vivant jeté sur le pavé meurt en général avant cinquante ans. Qui s'en soucie ?

Un président, en même temps de gauche et de droite, mais surtout de droite, claironne qu'il n'y aura plus de SDF dans les rues un an après son élection. Quatre ans après, ils sont toujours là. Peu importe. Pour se débarrasser de l'ennemi, il suffit de le mettre dehors et d'attendre. L'adversaire ici est le fou, l'alcoolo, le toxico, le migrant, le délogé, la femme battue, les chômeurs, le travailleur pauvre, tous ceux qui gênent, encombrent, ne rapportent plus, ou pas assez.

Au début, ils n'étaient que quelques milliers et le peuple s'en offusquait. Un humain dehors, couché à même le trottoir, en plein hiver ? Avait dû se sentir mal et s'évanouir. Faut faire quelque chose, non ? Les gens appelaient le SAMU, les pompiers, la police. Venez, vite ! Le sans-abri était une anomalie. Comme Alexandre, mon clochard démoniaque, monstruosité posée sur le chemin de mon école d'Hussein Dey. Sauf que là-bas le siècle dernier n'en était alors qu'à sa première moitié, Alexandre incarnait le dernier des hommes préhistoriques vivants, une espèce en voie de disparition, un vestige des grottes du passé, de quoi fasciner un écolier, pas menacer une société. Aujourd'hui, en France, ils sont trois cent mille.

Chaque matin, des écoliers et leurs parents enjambent des Alexandre qui barrent le seuil de leur immeuble. Et plus personne n'appelle la société des secours, elle-même complice depuis qu'elle a accepté que progrès et misère puissent marcher de concert. À condition que les fantômes soient transparents. Et pour qu'ils le deviennent, on n'a pas trouvé mieux que de ne plus les voir. Violence froide, grise, sale, anonyme, mais aussi implacable qu'une guerre du tiers-monde.

Ils sont pauvres – que peut-on y faire ? –, en plus, ils sont sales, dégoûtants, puants. Perdants de l'insertion, comment seraient-ils capables de réinsertion ? La place est chère dans un monde dur pour tous. Et la rue, en quelques hivers, se charge d'en faire, selon la formule des experts, des « insauvables ». Allons ! Quelque part, ils sont responsables d'être restés pauvres. Alors qu'ils le paient !

Même la gauche a fini par se taire. Elle qui fait assaut d'idées sur les éoliennes, la taxe carbone et la tragédie des vaches qui pètent du gaz méthane. Plus un mot sur les fantômes du froid. La « gauche sociale », celle de Jaurès et de l'abbé Pierre, a démissionné, renonçant à être ce qui l'a fait naître. Et elle voudrait qu'on la prenne au sérieux ? Désormais, les sans-culottes en sont réduits à s'affubler d'un gilet jaune et à investir un rond-point à défaut de Bastille.

Allons, laissons les esprits naïfs imaginer des lieux d'accueil chaleureux, des assistants sociaux, des collectivités qui proposeraient de petits boulots aux plus forts, une aide psychologique aux plus paumés, un toit à vie aux plus faibles, et un gouvernement qui les traiterait comme des citoyens naufragés. Sûr qu'ils s'habitueraient à vivre confortablement en assistés, sur le dos des autres, les vrais travailleurs, non ? C'est qu'ils y prendraient goût les fainéants ! La vie en société, la nôtre, cela se mérite. Alors, une pièce de temps en temps, soit. Qu'il la boive. Fait tourner le commerce. Pour le reste, si tu n'es pas capable, même par accident, de ne pas tomber dans la rue, de ne pas être plus fort que l'adversité, ne compte pas sur nous pour te permettre de vivre comme nous, les civilisés.

À cinq heures trente précise du matin, une violente lumière blanche nous a réveillés. Dehors ! Clochards ou cadres, étudiants ou vieillards, « Jésus » compris. Pourquoi si tôt ? Laissez-nous dormir. Non. Dehors. Le règlement. Cyril et moi nous sommes retrouvés sur un banc d'une station de métro, au milieu des premiers usagers. Les rames entraient en soufflant une tempête d'air froid. J'ai enroulé ma couverture sur ma tête et me suis endormi aussitôt. Sommeil de momie. Jusqu'à ce que la main affectueuse de mon ami Cyril me réveille : « Baisse un peu ta couverture. Tu fais peur aux gens. »

À la maison, Marie a enfermé mes vêtements infects dans un sac-poubelle et mes filles ont ironisé sur le retour du père fugueur. J'ai pris deux longues douches d'affilée, me suis débarrassé des puces, mais pas de l'odeur. J'ai dormi une semaine, enroulé dans ma couette, la main sur mon portefeuille, en rêvant de chevaux sauvages à la robe bai errant dans les rues de Paris vide. Quand j'ai annoncé que mon article n'était pas écrit – « pas eu le temps... » –, l'éditeur m'a regardé d'un drôle d'air.

Le temps ?

« La distinction entre le passé, le présent, le futur n'est qu'une illusion, aussi tenace soit-elle », disait Einstein. Je n'avais passé qu'un court moment dans la rue, mais j'avais l'impression d'avoir vécu une vie entière. Que valent un mois, une semaine, un jour ? Les heures, elles-mêmes, n'ont pas la même valeur. Les Romains le savaient bien qui, en désignant les heures, faisaient graver cette inscription sur la pierre de leurs horloges solaires : « Toutes blessent, la dernière tue. » Ce qui nous blesse et finit par nous tuer n'est pas tant l'horreur nue que l'horreur consentie.

« C'est bien », aurait dit la dame en bleu avant d'ajouter « Et après ? » Et malgré tout l'amour que je lui porte, je crois que j'aurais sans doute eu envie de l'étrangler.

Après, madame, toutes ces divagations, on se retrouve toujours face à la redoutable question d'une de vos dissertations : quel est le vrai visage de l'Homme ?

Sur le sujet, j'avais pour une fois devant moi une réponse claire. Une preuve vivante. Shimon Navon, mon ami, l'« homme sans visage ».

L'homme sans visage

Israël, Palestine, 1985-2005

Je l'ai rencontré à Jérusalem où il vit. Jérusalem, ce symbole universel de paix qui a généré tant de guerres. Jérusalem, ville des trois religions donc de trois conflits, ville sainte et maudite, qu'on aimerait tant oublier. Les juifs du monde entier ont toujours rêvé de l'alya, l'« ascension », le grand retour en Israël. Moi, le goy, j'ai fait la navette pendant une bonne vingtaine d'années, au début impatient d'y aller, enthousiaste et nourri de mes lectures, mais, à la fin, de plus en plus pressé d'en repartir, une boule dans la gorge.

La première fois, en posant le pied à l'aéroport de Lod-Tel-Aviv-Ben Gourion, je n'avais en tête que la splendeur du mythe, l'Ancien Testament et l'histoire, le Juif errant d'Albert Londres et la monstruosité de l'Holocauste, l'Exodus et la guerre du Kippour, l'odyssée d'un peuple victime, mais debout, qui avait souffert, survécu et vaincu. Et je croyais toucher au centre du monde pour raconter une épopée. Je n'avais aucune crainte. Après tout, les juifs et les Arabes étaient mes frères de cour de récréation.

Mon carnet à la main, j'ai sillonné la Palestine, Israël et les territoires occupés, de la frontière du désert brûlant du Sinaï au plateau glacial du Golan, de la mer Morte au lac de Tibériade, de Jéricho à Tel-Aviv, de Nazareth la chrétienne à Hébron l'hallucinée, de Netanya la jouisseuse à Gaza convertie en asile de fous. Des dizaines de reportages plus tard, je n'avais pas raconté une légende, mais un désastre. L'occupation, la terre et l'eau confisquées, les pierres qui volent et les matraques qui brisent les os, les hommes qui se font exploser et leurs enfants crucifiés, les victimes transformées en bourreaux et les bourreaux martyrisés.

L'espoir comme une fulgurance quand Rabin et Arafat se serrent la main face au monde entier, la liesse du peuple palestinien, les fleurs et les youyous qui accueillent le retour en messie d'Arafat dans les rues de Jéricho. La réconciliation – enfin ! –, la fin du cauchemar historique, les pacifistes qui exultent, les intégristes confondus, les terroristes qui ruminent leur échec, la violence battue à plate couture, défaite. Un formidable élan.

Jusqu'au séisme de l'assassinat de Rabin par le plus extrémiste des siens. Et une autre figure politique d'Israël qui émerge, Netanyahou, corrompu, dur et sans vision, sinon celle de la force et des portes qu'il referme en claquant sur les doigts de ceux qui s'accrochent à la réconciliation.

D'un côté, le règne de la brutalité, de l'exclusion, de l'apartheid, la prison sans jugement, le recours à la torture codifiée par la loi. La torture autorisée, signée par un magistrat ! Et les oliviers arrachés.

De l'autre, la corruption des élites politiques de Ramallah, les attentats, la contagion islamiste, les bombes aveugles, les kamikazes, les roquettes tirées du Liban et de Gaza, et les civils fauchés.

De nouveau, les pierres contre les matraques. Et ce mur de béton infranchissable qui se dresse plus profond qu'un abîme, trait final qui barre l'avenir. La Palestine qui se meurt, la colonisation galopante qui balkanise le rêve, la pierre blanche des villages remplacée par le béton armé des colons qui ne viennent plus des camps de Pologne, mais du Maghreb, des États-Unis et de Russie, les paysans de Cisjordanie qui ne cultivent plus que la haine et récoltent le désespoir, Gaza l'indolente transformée en asile psychiatrique, Jérusalem qui cherchait Dieu et n'a trouvé que la secte des ultras religieux, Tel-Aviv la postsioniste qui choisit le XXIe siècle technologique en tournant le dos aux autres, ceux qui vivent enfermés, lépreux, relégués derrière leur mur, à moins d'une heure de leurs plages sablonneuses.

De part et d'autre, des générations converties au culte de la force, de l'affrontement, de la suprématie. Et un État proclamé « juif » et rien d'autre, qui choisit d'écraser l'autre, érige, ironie de l'histoire, un formidable bunker, son propre ghetto entouré de murs et de barbelés, après avoir échoué à se fondre dans un Moyen-Orient arabe déchiré, pour des siècles et des siècles. Amen.

L'Holocauste, l'Exodus, soixante-dix ans d'occupation pour en arriver à ce résultat ? Ce n'est plus un échec, c'est une faute.

Où sont les Israéliens d'antan ?

Ces grands témoins qu'on consultait comme des oracles, ces responsables de kibboutz, anciens chefs d'orchestre philharmonique des capitales de l'Est, raflés et déportés dans les camps d'extermination, survivants de la *chose*, mais pleins de vie, d'énergie, de compréhension et d'amour, qui détestaient la guerre, mais savaient la faire. Des esprits clairvoyants, convaincus que seule la paix était la solution, quitte à partager, entre dominants et dominés. Où sont-elles ces belles intelligences du passé, ces victimes qui refusaient de se muer en bourreaux ?

Ne demeure que la logique de l'écrasement, du temps qui sert à user l'autre, le réduire, déliter sa terre et son esprit. Avec un seul objectif, simple et brutal, l'annexion, façon de faire disparaître l'autre au moins de la carte. L'injustice, même flagrante, quand elle est appliquée assez longtemps et d'une main ferme, finit par devenir l'ordre établi.

Même les pays arabes alentour, autrefois hérauts bruyants du nationalisme palestinien, monnayent désormais leur absolution rétribuée par une Amérique complice. Je t'échange la reconnaissance du Sahara occidental contre celle de l'État hébreu, des accords commerciaux juteux contre la levée de l'embargo, la fin de l'inscription sur la liste noire du terrorisme contre la fin de l'appel à la disparition d'Israël... une politique de bazar. Le marchandage aurait pu servir un rapprochement, à condition d'être accompagné d'une volonté de solution politique au conflit. La paix, la vraie, juste et consentie, celle qui permet la résilience du passé, garantit le présent et l'avenir commun. Alors qu'elle n'est ici qu'un arrangement avec le plus fort, la consécration du culte de la brutalité.

Tout cela a un prix.

Yeshayahou Leibowitz, né à Riga en Lettonie, mort à Jérusalem, biochimiste, neurologue, philosophe et moraliste de légende, l'un des esprits les plus lumineux produits par l'intelligence juive, disait, en substance, qu'Israël pouvait disparaître de deux façons : par une action militaire extérieure des pays arabes alentour – ce qui n'arrivera pas – ou, plus grave, en succombant au péril venu de l'intérieur, par la destruction morale du peuple d'Israël. « Sûr de lui et dominateur », disait le général de Gaulle. Israël domine, mais se perd.

Ah, il faut se méfier des peuples *victimes* !

Israël victime de l'Holocauste, les Allemands victimes du traité de Versailles, les Serbes victimes des Turcs, les Algériens victimes de la colonisation française, les sunnites victimes des croisés, les chiites victimes des sunnites. Se défier des peuples victimes et qui entendent le rester. Des victimes qui, quand elles cessent de l'être, se considèrent toujours comme telles et pour l'éternité.

Et j'écris ces lignes alors que je suis à Prague, assis entre deux pierres tombales de l'antique cimetière juif du ghetto martyr des nazis.

Chaque année, Israël ajoute un nouveau bâtiment à Yad Vashem, le mémorial de l'Holocauste mais chaque année, son gouvernement construit de nouvelles colonies en Cisjordanie occupée. Être victime est un drame individuel ou une tragédie de l'histoire, ce n'est pas un statut à vie. Le devoir collectif commande de ne pas oublier les victimes, d'interdire l'impunité, de juger le coupable et de faire justice pour réparer, assurer la paix. Le devoir de chaque victime est le dépassement de soi. Il faut savoir pardonner, pas au sens chrétien de la compassion, mais bien par-donner, part-donner, laisser sa part au bourreau et accepter de prendre la sienne.

L'état de victime ne peut être que transitoire sous peine d'empoisonner celui qui ne se résigne jamais à y renoncer. Le poids de la monstruosité des bourreaux nazis pourrit la vie de leurs enfants allemands, elle ne définit pas la nature du peuple juif. Aucune victime n'acquiert le droit à reproduire le malheur. Et à écraser l'Autre. Gémir à perpétuité n'est pas de mise, ni pour les humains ni pour les peuples.

Oui, méfions-nous des êtres et des peuples qui se proclament *victimes* à perpétuité.

Shimon, lui, l'a compris depuis longtemps. Dix ans que je n'avais pas revu l'« homme sans visage ». Il m'attendait chez lui, sur sa terrasse d'où l'on voit le soleil couchant poudrer les pierres blanches de Jérusalem. Il faisait encore très chaud, l'air était poivré, des collines environnantes montait une forte odeur de pin, de thym, de pétales de rose et de bougainvillée. Une poussière rose talquait le ciel. Le doigt d'un dieu esthète effleurait la ville. Le soleil se couchait. Il faisait presque aussi chaud que pendant cette lointaine nuit du mois de juin à Beït Ummar, près de Hébron.

Ce soir-là, les soldats israéliens finissent de dresser la table pour un dernier repas en l'honneur de leur capitaine. Shimon n'aurait pas dû être là. Il avait déjà donné trois ans d'armée et trois années de plus comme capitaine dans un commando d'infanterie d'élite de « Golani » au Liban-Sud. Il s'était battu dans la montagne, avait monté des embuscades, il avait tué. Six ans, cela suffit. Shimon avait repris ses études.

Quand la première intifada a éclaté, l'armée a fait appel à ses meilleurs officiers. Shimon ne s'est pas esquivé. Et il s'est retrouvé dans les villages de Cisjordanie, à courir après les lanceurs de pierres et de cocktails Molotov. Six mois plus tard, libéré, il préparait ses examens quand l'armée l'a rappelé, pour quatre semaines de service, avec mission de protéger la ligne de bus entre Jérusalem et Hébron. Entre deux patrouilles, il fonce à l'université récupérer les cours polycopiés et voir Miri, son amoureuse, qu'il a prévu d'épouser. Au vingt-quatrième jour, sa mission terminée, il n'a plus qu'à attendre Shaï, l'officier remplaçant qui, à peine débarqué, demande à effectuer une première patrouille de reconnaissance.

Il est onze heures du soir, l'itinéraire, difficile, passe par la montagne, au cœur de Beït Ummar, village palestinien dur et hostile. Shimon hésite. Il connaît le terrain. C'est son dernier jour de réserve militaire, sa dernière patrouille, la dernière heure. Shaï, l'officier insiste. Une patrouille de six hommes part en jeep. Arrivé à Beït Ummar, le véhicule progresse lentement, entre les terrasses des maisons. Des ombres courent sur les toits. C'est Shimon qui les voit en premier.

Il comprend, hurle un avertissement. Cocktail Molotov, il faut sortir de la jeep. Les cinq autres bondissent hors du véhicule. Au volant, Shaï n'a pas serré le frein à main du véhicule qui finit dans un mur, la portière de Shimon bloquée par un pylône électrique. Deux bouteilles d'essence explosent sur le toit de toile de la jeep et le liquide en feu dégouline dans l'habitacle. Ses cheveux, ses vêtements, sa peau, Shimon est en flammes. La fumée l'asphyxie. Il va mourir. La torche vivante se traîne vers le siège arrière, on l'extrait, on l'éteint. Asphyxié par la fumée, il meurt. Un infirmier lui ouvre la gorge et sa respiration reprend. Son visage gonfle et ses yeux se ferment sur la vision de ses soldats qui étouffent les dernières flammes sur son corps.

Shimon est inopérable, un mort en sursis, et le médecin de l'hôpital appelle sa fiancée, Miri. Elle entre dans la chambre, voit ce visage énorme enfoui sous les pansements, le tube à oxygène, les perfusions, recule. Non, il y a erreur, ce n'est pas lui. Puis elle reconnaît les orteils de son pied gauche. Et s'évanouit.

Dans l'unité des très grands brûlés, Shimon délire, tremble de froid ou étouffe de chaleur, privé de la protection de la peau de son corps. Trois semaines plus tard, réveillé, il entend le médecin lui annoncer qu'il va falloir lui trancher les doigts de ses deux mains. Et pour la première fois de sa vie d'homme, Shimon pleure.

Commence alors ce qu'il appelle sa guerre après la guerre. Il refuse un miroir, mais voit un jour, dans la glace au-dessus du lavabo, un être inconnu et deux yeux noirs le fixer à travers des pansements. Et il s'entend dire à voix haute : « Salut, Shimon. » Cinq mois de chirurgie, quarante interventions. Il a vingt-cinq ans, plus de doigts, plus de nez, plus d'oreilles, plus de paupières, plus de lèvres. On lui incise le bras qu'on plaque des semaines sur son absence de visage pour lui greffer un nez redessiné. Un jour, il m'a montré en photo un homme que je n'avais jamais vu. De grands yeux, le nez long et fin, une chevelure noire abondante et l'air d'un soldat en permission qui souriait sur les pentes enneigées d'une montagne du Colorado. Il avait vingt-trois ans.

À la sortie de l'hôpital, Shimon décide de ne plus jamais cacher son visage. Il accepte de participer à une émission télévisée en direct. Sur le plateau, une chanteuse en vogue, superbe. En plein entretien, Shimon enlève son masque, face caméra. Le lendemain, un éditorialiste écrit qu'il était le plus beau des deux. Sa fiancée lui demande de l'épouser. Par pitié ? Miri le regarde droit dans les yeux et lui dit qu'elle veut des enfants de lui. Ils en auront deux. Shimon passe un diplôme en psychologie de l'enfant. Quand il rencontre les mômes, il répond à leurs questions, simples : « Qu'est-ce que t'as aux doigts ? », « T'as un masque sur le visage ? », « Pourquoi t'as l'air d'un monstre ? ». Avec les adultes, le contact se révèle plus difficile. Miri supporte mal qu'on dise « Bonjour, madame » à son mari chevelu, mais imberbe. Chaque rencontre provoque l'horreur dans le regard des autres, au mieux un sursaut, au pire la panique.

L'horreur physique ne m'a jamais découragé. À l'hôpital, j'ai soigné un grand brûlé, technicien entré pour le réparer dans un transformateur électrique haute tension et qui avait fait contact. Corps explosé. Le jour où je l'ai remis debout, il y avait dans ses yeux, malgré la douleur, une lueur que je n'ai jamais oubliée. Derrière ses paupières bridées par les cicatrices, le regard de Shimon, lui, m'intriguait. Il exprimait quelque chose de différent. Quelque chose que je ne parvenais pas à décrypter.

La dernière fois que j'avais embrassé Shimon, il partait avec Miri en voyage à Boston pour essayer de se faire adoucir le portrait. Au Mont Harbon Hospital, un chirurgien lui a refait la joue gauche, gonflé son dos au silicone et dessiné deux oreilles avec le cartilage de ses côtes. Après dix opérations et un an et demi de douleur restaient encore les moignons des mains. Shimon a renoncé. Son deuxième enfant allait naître. De retour en Israël, il apprend que le gouvernement lui offre la gestion d'un distributeur de carburant à Jérusalem. Une station-service pour un grand brûlé à l'essence ! Il en rit. Et retient qu'il a obtenu un travail et la responsabilité d'une entreprise le jour même de la naissance de son garçon, jour de chance.

Aujourd'hui, Shimon emploie huit personnes dont trois Arabes israéliens, sert un millier de véhicules par jour et un demi-million de litres de carburant par mois. Et n'hésite pas, son chiffon à la main, à se pencher sur un pare-brise pour affronter le regard de l'automobiliste de passage. Le week-end, il prend la route qui dévale en virages serrés entre implantations juives et villages palestiniens, touche les premiers buildings de verre de Tel-Aviv et s'arrête à « KKL Junction », un ensemble de villas sur la mer, face à la « Maison du soldat », dont Shimon est devenu un des responsables.

Je traverse un grand parc, dans l'odeur acidulée du gazon fraîchement tondu, entre eucalyptus et plantes tropicales, vers le bâtiment qui accueille quelques-uns des cinquante mille blessés des guerres d'Israël. Marcher ici, grimper les étages, passer de la salle de musculation au bar, du court de badminton à la piscine olympique est remonter le temps, en suivant les cicatrices de plusieurs générations. Il y a Avneri, soixante-douze ans, raquette à la main, ancien de l'unité de choc de la Haganah, sa jambe emportée en 1948 par une mine. Et Joseph, cinquante-trois ans, qui soulève des haltères au bout du crochet en fer de son bras gauche, coupé net en 1968 par un obus jordanien. Et Dan, « Dani », le meilleur ami de Shimon, aveuglé en 1982 par un éclat syrien. Dani, le non-voyant qui a étudié en braille l'arabe, le Coran et l'islam, vient d'écrire une thèse sur les « Relations entre les réfugiés et le nationalisme palestinien » et croit qu'il est urgent que les petits Israéliens apprennent l'arabe à l'école. Dani l'aveugle et Shimon l'affreux, qui se poussent du coude en riant de leurs têtes.

Pardonner ? Mais il n'y a rien à pardonner ! Ceux d'en face se battaient par idéalisme, comme nous, un combat entre militaires, voilà tout. Chacun sa part. Les quatre jeunes Palestiniens lanceurs du cocktail Molotov ont reconnu les faits et écopé de dix ans de prison. Le jour du jugement, Shimon est allé au tribunal. En le voyant, les autres ont écarquillé les yeux. Et Shimon est reparti.

Miri nous crie que le repas attend. Venus du fond du jardin, ses deux fils courent embrasser leur père. Shimon dit qu'il est atroce à voir, mais entouré de personnes magnifiques, aussi belles à l'intérieur qu'à l'extérieur. Dans ce pays en perpétuelle fusion, l'« homme sans visage » est un homme en paix.

Au-dessous de nous, la nuit tombe sur cette vallée décrite dans l'Ancien Testament comme la « Vallée de l'ombre de la mort », verset 4, psaume 23. Les nuits d'orage, en tendant l'oreille, on peut entendre le galop de chevaux bais montés par des cavaliers sans visage. La Bible ne le dit pas, mais Shimon m'a appris qu'il suffit d'un homme, d'un seul, même défiguré, pour que cette vallée des ténèbres soit inondée de lumière.

« *Ne sutor*... allez, Charles, racontez-moi. »

Paris, Bucarest, Moscou, Tanzanie, Koweït

Shimon et Miri à Jérusalem, Roger et Hanane à Beyrouth, Pierre et Suzanne à Alger, Admira et Bosko les amants du pont de Sarajevo... Que deviennent les amants emportés par la guerre ? Au début, ils sont là, naïfs, les yeux dans les yeux, forts et soudés, rêvent de lendemain, parlent maison et enfants, sûrs que rien, jamais, ne pourra les séparer sinon la mort. La belle mort, celle qui conclut le destin des mortels, une fin annoncée, sans surprise, quand ils auront les cheveux blancs, le corps et le désir fatigué, mais l'âme apaisée, heureux d'avoir pu voir leurs enfants grandir, et leurs petits-enfants et, allez, avec un peu de chance leurs arrière-petits-enfants, toute cette descendance, fruit de leurs nuits d'étreintes, réunie autour de leur lit d'hôpital, alors qu'ils s'en vont, en amants pressés d'aller faire l'amour sur un nuage.

La guerre ne joue pas à ce jeu. Elle ne respecte pas les règles. Les amoureux se prenaient pour des étoiles filantes, ils ne sont que deux grains de sable balayés par un fleuve furieux. Roulés, dispersés, « emportés par la foule », chantait Piaf. La foule ou la houle. La houle humaine.

Ils ont eu à peine le temps de se découvrir du bout des doigts et les voilà séparés, projetés aux extrémités du chaos, par le Sournois qui déteste les hommes, les femmes et surtout leurs stupides romances de bipèdes. Deux grains de sable, un flot tumultueux de la boue de la guerre, comment voulez-vous qu'ils s'y retrouvent, nos amants perdus ? Encore faut-il avoir la chance d'en sortir tous les deux vivants. Ma mère, restée seule plantée sur la berge, n'a plus vécu que la vie minérale d'un grain de sable mouillé de larmes. Détrempé.

Pourtant, il suffit parfois d'un souffle. Une voix, au téléphone, un peu sifflante certes, mais audible. Celle de Steph, le logisticien du SAMU. C'est lui. Et il est vivant !

Steph, le logisticien de l'hôpital Avicenne et Marie, l'infirmière des urgences. Permettez-moi de les ajouter à la liste des amants. La dernière image que j'avais d'eux était celle des urgences de nuit, en pleine pandémie de covid. Un colosse noir qui partait en réanimation, sa poitrine soulevée au rythme d'une forge infernale. Et Marie, blonde, blême, elle-même malade du virus, un sac plastique à la main contenant toutes les affaires de son mari. Deux grains de sable. Et entre les deux, par-delà le limon du fleuve, un long regard tendu. Et les cris de l'équipe – allez, allez, on se dépêche ! – et le diagnostic du médecin, un ami du couple, sa sombre prophétie lâchée à voix basse – c'est pas bon, vraiment pas.

J'avais guetté le retour de Marie, à peine remise de la maladie, à son poste de travail. Elle m'avait parlé de ce vieux frigo gris qu'ils avaient à la maison. Quand Steph l'avait ouvert, elle lui avait fait la remarque : tu es gris. Gris… comment ? Gris comme le frigo. Plus de couleur, plus d'oxygène, plus de vie. Le temps de dévaler l'escalier et, déjà, il suffoquait, la sensation d'avoir quatre personnes assises sur sa poitrine. Aux urgences, c'est elle qu'il regardait, la suppliant en silence de ne pas être intubé, convaincu qu'il ne se réveillerait pas. L'équipe a cédé, on l'a gavé d'oxygène à haut débit, si rude qu'un médecin a prévenu Marie : trop fort, brûle les poumons, peut pas durer longtemps, va pas résister.

Autour de Steph, les gens mouraient. Elle, elle dit qu'elle vivait en suspension sur une ligne de crête, qu'ils ne sont pas mariés, mais qu'elle croyait finir veuve. La nuit, à ses côtés, elle posait la main sur la poitrine de son homme, son grand tatouage des îles, symbole de la « force de caractère ». Il perd onze kilos, il fond, mais il tient. Et ce matin, au bout du fil, de sa voix sifflante, mais calme, Steph me dit qu'il revient de loin. A approché la *chose* de très près. L'a regardée en face. Mais n'a pas voulu lâcher.

Je raccroche le téléphone en sifflotant. Dehors, le ciel est gris foncé, il fait frisquet, il pleut, j'entends les sirènes d'ambulance et mon café refroidit. Qu'importe !

La vie, même souffrante, peut être belle. Je croise Fred le prof, grognon, qui hausse les épaules en voyant mon sourire béat. La radio l'énerve. L'air des médias résonne de la voix des « toutologues », les spécialistes de tout, éditorialistes, politologues, animateurs de talk-show, footballeurs célèbres, communicants vendeurs de soupe qui condamnent, pronostiquent, tranchent à coups de « fallait pas » ou de « yaka », et assènent des réponses de simplet à des problèmes complexes. « Chers auditeurs », vu l'absence de certitudes scientifiques, notre reporter est allé sur le trottoir son micro à la main, pour recueillir l'avis de la concierge portugaise, de l'adolescent boutonneux et d'un colonel à la retraite. Reportage.

Un nouveau vaccin, le réchauffement climatique au Spitzberg, la chute du dollar à Wall Street, la fermeture d'une usine de pneus, la guerre en Ukraine, le sort des femmes noires sans-abri, le genre des animaux, un viol collectif en banlieue ou un accident de bus à l'ouest de Chongqing, les « toutologues » ont toujours une réponse. Le thème de la pandémie de covid fait éclater un feu d'artifice de bêtises. Les précieux ridicules proclament leur incompétence – « Je ne suis pas médecin, mais... » – mais, dans la minute, les voilà qui poursuivent en l'étalant.

Me revient l'histoire racontée par un malade à son neurologue, son médecin, devenu son meilleur ami. Le patient s'appelait Charles. Élégant, mais sans ostentation, cheveux blancs courts, le visage lisse, des yeux noirs extraordinairement agiles et cette voix grave doublée d'une syntaxe à faire pâlir un honnête homme du siècle dernier, capable de parler huit langues dont le latin, le grec ancien et l'hébreu. Sous le costume gris clair, les épaules d'un athlète de soixante-cinq ans adepte de la marche, du VTT et du ski. Et, pour finir d'exaspérer les jaloux, une femme magnifique.

« J'avais autrefois une mémoire scandaleuse... » Il vient consulter pour de petites difficultés de concentration. Le premier test s'annonce plutôt rassurant. Les prochains révéleront un Alzheimer galopant.

Le neurologue et son patient se lient d'amitié. Charles, P.-D.G. à la retraite d'une grande entreprise étrangère, se montre d'une culture fascinante. Un homme de lettres, passionné de géographie et d'histoire, esprit féru de spiritualité qui disserte sur saint Paul ou Salomon et peut citer tout le début de la Genèse en hébreu.

« *Ne sutor...* vous connaissez ? » lance Charles. Une belle histoire romaine racontée par Pline l'Ancien, au Ier siècle après Jésus-Christ. Un cordonnier observe la statue d'une femme et critique la sandale, mal faite. Le sculpteur rectifie. Puis le cordonnier grimace devant le galbe du mollet et l'artiste s'emporte : « *Ne sutor supra crepidam !* » « Que le cordonnier ne juge pas au-delà de la chaussure ! » Médecin et patient éclatent de rire. La phrase restera comme un clin d'œil amical entre les deux hommes : « *Ne sutor...* allez, Charles, racontez-moi ! » Un jour, Charles ne répond pas. Il a oublié l'histoire. Bien plus tard, son épouse appellera le neurologue pour lui dire que son bel ami n'est plus qu'une petite chose tassée dans un fauteuil d'invalide, qui l'appelle « maman » et pleure quand on change sa couche. Dieu n'est pas tiède.

Il y a mille façons de mourir. Pour Charles, le temps n'existait plus. Ne restait qu'une âme morte, dans l'enveloppe factice d'un humain qui avait perdu toute identité, une sorte de téléviseur, toujours branché mais qui ne diffuse plus que la neige de l'écran. Une monade éteinte.

« *Ne sutor* », se répétait le neurologue en pensant au précieux ami disparu. Nous sommes tous des cordonniers qui rêvent de devenir sculpteurs. Quand j'écris, je tremble de me tromper. Qui sommes-nous pour trancher d'un trait de plume des problèmes de la planète ? Où ai-je fait l'erreur, commis la faute ? Après chaque reportage, il me faut attendre sa publication et l'épreuve de la lecture publique pour me rassurer. Jusqu'au prochain papier. Un jour, l'inévitable s'est produit. Patrick, un ami grand reporter de télévision, m'a demandé mon aide. Il venait de rencontrer un officier exilé irakien qui affirmait avoir servi de garde du corps à Saddam Hussein et se montrait intarissable sur les horreurs du régime. À vérifier.

Patrick m'a mis en contact avec un présentateur vedette du journal. Lui avait interviewé Saddam Hussein dans son palais à Bagdad. Au calme, dans sa maison de Neuilly, il était catégorique : oui, l'Irakien était bien le garde du corps qui l'avait longuement fouillé juste avant l'entretien, il le reconnaissait.

– Vous êtes sûr ?

– Absolument.

– Aucun doute ?

– Aucun.

– Alors, on peut publier ?

– Bien sûr !

Rassurés, on a publié. C'était faux.

Bien sûr, j'ai écrit un *mea culpa* que le journal a publié. Trop tard. J'avais participé au grand mensonge. La faute. Bien plus que la crainte des obus et des balles, j'ai vécu la guerre suivante avec ce poids écrasant sur ma poitrine. Une pierre noire qui ne quittait pas ma bourse. Aujourd'hui encore, quand j'ai l'impression que mes certitudes l'emportent sur mes doutes, il me suffit de mettre la main dans ma poche et de frotter ce caillou sale pour me rappeler l'hubris de croire détenir la vérité. « *Ne sutor.* » Les cordonniers sont les plus mal chaussés.

J'ai ravalé ma honte, touché un casque, un gilet pare-éclat, un masque à gaz, une combinaison NBC – nucléaire, bactériologique et chimique – et je suis parti en Arabie saoudite suivre l'opération « Tempête du désert ». Washington nous garantissait une guerre « propre », un oxymore inventé par des conseillers américains à la Maison-Blanche, une guerre aussi blanche qu'un hôpital public puisqu'ils promettaient des « raids chirurgicaux ». À les écouter, le massacre annoncé se limiterait à la banale appendicite d'un peuple. Ne manquait plus qu'à déguiser les marines en infirmières et à peindre le sigle de la Croix-Rouge sur la tôle des chars Abrams.

Ma mémoire me raconte une histoire différente.

Je me rappelle les bombardements massifs sur les lignes de défense irakiennes au Koweït, ces longues nuits de veille, assis sur les dunes du désert d'Arabie, à regarder l'enfer prendre ses quartiers de l'autre côté de la frontière. Sous nous, le sol grondait. Un interminable roulement, comme une locomotive qui vous passerait sous le ventre, trente secondes d'horreur pure dont on ne percevait que l'écho. Là, si proches, de l'autre côté des dunes, il y avait des fantassins irakiens, des hommes terrés la bouche dans le sable, qui crevaient de froid, de faim, de soif et surtout de peur. La terre tremblait sous nous, mais c'étaient eux qui mouraient, fourmis arrosées du ciel à grandes volées d'insecticides.

Le jour, au poste-frontière, je prenais un thé rouge avec l'officier égyptien responsable de la zone. Il mettait une table au milieu de la route vide en écoutant la voix sensuelle d'Oum Kalsoum l'amoureuse. Derrière nous, les fiers Saoudiens fuyaient leur demeure dorée, leurs précieux tapis enroulés sur le toit de leurs Mercedes, en confisquant les passeports de leurs domestiques indiens ou cingalais, condamnés à surveiller la maison en l'absence du seigneur et maître arabe. Très haut au-dessus de nous, les râteaux des quatre réacteurs des bombardiers B-52 peignaient le ciel bleu, le griffant de longues traînées d'argent. Ils larguaient leurs bombes et repartaient, inaccessibles, mécaniques, indifférents. L'Égyptien et moi, on se regardait, glacés. Le désert montait au ciel et Oum Kalsoum pleurait d'amour. « *Carpet Bombing* », bombardement en tapis, les hommes étaient nettoyés comme de la moquette sale.

Il n'existe pas de mémorial au-dessus des dunes du Koweït, mais je me rappelle ces nuits où l'horizon entier brûlait. Toujours le même grondement, mais couronné d'un gigantesque éclair qui courait d'un bout à l'autre de la nuit, juste avant le monstrueux champignon de feu, visible à quarante kilomètres de distance. Un Américain était venu rassurer les officiers égyptiens. Il les avait prévenus qu'il ne fallait pas s'inquiéter si, le soir, ils avaient l'impression de voir exploser une bombe atomique. Ce n'étaient que de nouvelles bombes, des « fuel air », ou « thermobariques », une gigantesque masse de gaz larguée dans le ciel. Enflammée, elle grillait tout au sol, consommait l'oxygène sur plusieurs kilomètres carrés et asphyxiait à mort les insectes enterrés dans leurs trous d'homme.

Je me rappelle cette entreprise moderne méthodique d'extermination. Elle a duré un mois. Trente nuits d'affilée. Nous, on regardait et on tremblait pour les autres, là-bas, enterrés vivants dans leurs premières lignes. Est-ce que les survivants avaient encore la force de prier ?

Quand les bombardements ont cessé, ce fut la ruée. À peine la frontière franchie, je suis tombé nez à nez avec un camion calciné au milieu de la route. Sur le siège avant, le chauffeur avait toujours les mains sur le volant. Son visage rond, noir, carbonisé, sans relief, n'avait plus rien d'humain. À côté de lui, son compagnon, plus frêle, avait posé la tête sur l'épaule du conducteur. Je suis resté là, longtemps, à les fixer. Jusqu'à ce qu'un blindé américain déboule et dégage la route en projetant l'épave dans le sable du fossé.

Je me rappelle ces prisonniers surpris au fond de leurs tranchées, à quatre-vingts kilomètres au nord, devant la ville de Mina al-Ahmadi. On les retrouvait enterrés dans des boyaux, cachés dans des tubes d'évacuation des eaux sales, les orifices des égouts, sous l'autoroute. Les marines les traquaient comme on débusque de gros rats. Malgré le froid, ils transpiraient à grosses gouttes. Je revois celui-ci, le regard fou, les lèvres tremblantes, la bave sur le menton. Et sa respiration trop forte, sifflante, d'asthmatique cherchant à regagner la surface du monde. Il tremblait comme un enfant pris en faute. J'ai allumé une cigarette, l'ai plantée dans sa bouche, elle s'est éteinte, noyée dans l'océan de bave qui descendait vers son cou. J'ai pris ses mains. C'est fini. Calmez-vous. Personne ne vous fera de mal. Il a bafouillé. Merci.

Comment pouvais-je oser lui dire que tout cela était fini ?

Il y avait des gosses aux uniformes trop grands, des quinquagénaires au ventre mou, des vieillards chauves, des anciens combattants de la guerre Iran-Irak, couturés de cicatrices et habités par des rhumatismes, de vieilles peurs et de vieilles douleurs. Leurs officiers étaient partis, en les abandonnant là, pour entraver la marche et se faire écraser. C'était fait. Ils étaient pantelants. L'ennemi, ça ? De la chair à canon hors d'usage. Une cohorte de corps en pièces. Sacrifiés par Saddam, aplatis par les alliés, perdus d'avance.

Les troupes ont investi la ville de Koweït, la capitale. Les riches émirs nous ont acclamés en libérateurs, mais nous faisaient payer au prix fort la nuit dans une chambre de leur hôtel de luxe dévasté, sans eau ni électricité.

Une colonne entière de l'armée irakienne en déroute s'était fait piéger sur une autoroute encaissée plus au nord. Je me rappelle le chaos de cette vallée des morts, je me rappelle ce millier de véhicules écrabouillés par les bombes à fragmentation, carbonisés par l'incendie qui avait couru. Je me rappelle que le pied butait contre des morceaux d'hommes, les têtes roulant comme des ballons de foot, des corps qui semblaient dormir, d'autres sans bras ni jambes, tout petits, et d'autres, immenses, presque intacts, leurs yeux ouverts sous le crâne fendu. Les champs de pétrole étaient en flammes, il faisait nuit en plein jour.

Je me rappelle le ciel noir de fumée, le silence, les milliers de véhicules, les coffres ouverts dégueulant le fruit du pillage, téléviseurs, draps de soie et robinets dorés, ces moteurs de voitures qui continuaient à tourner au ralenti, les phares restés allumés, ces ombres grotesques qui tendaient vers moi leurs doigts carbonisés, cette sensation de fin du monde. Bagdad parlait de « retrait » des troupes, synonyme de fin des hostilités, Washington de « retraite » militaire, autorisant l'hallali, l'horreur était dans la nuance.

Je me rappelle aussi les morgues du Koweït, témoins de la brutalité de l'occupant irakien, ces corps qu'on amenait à l'aube à la lueur des torches électriques, la pestilence, les victimes. Et cette Koweïtienne en abaya de soie qui tournait comme un épouvantail en plein vent, son voile noir virevoltant dans le vide, mère perdue dans un appartement sans hommes.

Je me rappelle la férocité des bourreaux de la police secrète irakienne, déjà loin, impunis, et les autres, petits soldats de plomb fondu, réservistes enrôlés de force, paysans kurdes, ouvriers des faubourgs de Bagdad, capturés et lynchés par des Koweïtiens soudain métamorphosés en fiers guerriers face aux vaincus pris de court par la vitesse de l'exode, à la traîne de l'histoire. Je me rappelle que la « victoire » laissait un goût de cendre dans la gorge, et cette étrange sensation que les victimes appartenaient toutes au même monde, celui des pauvres et des simples, et que la guerre n'avait ni le temps ni l'envie de faire la différence entre les bons et les méchants.

Je me rappelle les couleurs sales de cette guerre civilisée. Quelque chose qui ressemblait à un énorme gâchis humain. Le grand mensonge, et mes dernières illusions perdues.

J'avais découvert une forme inédite de la barbarie : la guerre *propre*.

D'où vient aux Américains cette divine certitude qu'il suffit de pénétrer dans l'antre de la bête, de la terrasser, pour que le pays envahi tombe à genoux devant leurs sauveurs en promettant d'embrasser les pieds de la statue de la Liberté ? Je ne vois pas d'autre réponse que leur victoire mythique lors de la Seconde Guerre mondiale. L'épopée idéale de la traversée de l'Atlantique vers une contrée hostile, le débarquement façon charge de la cavalerie sur les côtes normandes, la marche vers l'Allemagne en libérant les survivants de l'enfer des camps, l'entrée triomphale dans Berlin, la mort dans sa grotte-bunker de la bête diabolique nazie qui menaçait la planète, laissant son pays en ruines, mais qui, encore grâce aux boys, renaîtra de ses cendres, lavé de ses péchés dans une Europe baptisée par le plan Marshall… le rêve américain n'est qu'un conte de fées.

Regardez-nous ! Non, l'Amérique n'est plus la nation qui s'est construite en massacrant les Indiens, elle est le nouveau monde chargé par Dieu de sauver l'ancien. Depuis trois quarts de siècle, les successeurs de Roosevelt n'ont cessé de vouloir rejouer la fable biblique du Bien contre le Mal. Qu'importe qu'ils aient détruit le Vietnam, achoppé en Iran, sombré en Somalie, au Nicaragua et à Cuba, miné les démocraties d'Amérique latine au nom de la lutte contre le communisme, porté à bras-le-corps un Pinochet, des juntes militaires en

Argentine, au Brésil et soutenu des dictatures partout ailleurs. Puisque Saddam défie Washington au centre d'un Moyen-Orient riche, mais barbare, il suffit de le détruire et d'ériger en Mésopotamie le phare de la démocratie américaine qui illuminera le nouveau monde arabe. Alors feu sur Bagdad !

« On s'est bien amusés, non ? » m'avait lancé un photographe à la fin de la guerre du Golfe à l'heure de quitter le Koweït. Oui, on s'était bien amusés. Pas au jeu de la guerre, mais au jeu de dupes. Cette guerre était une farce, soit, alors, jouons ! À un jeu nouveau, que nous avions inventé : « Fuck the Pool ! »

Très vite, le grand mensonge nous avait sauté au visage. À peine le pied posé sur la base de Dhahran, en Arabie saoudite près du Koweït occupé, un officier de presse américain nous avait accueillis avec un sourire lumineux en nous appelant affectueusement par notre prénom : « Hello, Jean ! » Un souhait, une info, une interview, il n'y avait qu'à lui demander : « *My pleasure !* »

En réalité, le numéro de notre hôtesse de charme en treillis cachait une belle machine à désinformer, appelée le « Pool ». Le principe en était simple : un seul journaliste par unité – non américain s'abstenir – affecté près du front ou dans un lointain service des poubelles, « *embedded* » intégré dans l'armée américaine, transporté, logé, nourri, bichonné… et ligoté. Et un article par jour, lu, censuré et transmis par l'officier de la compagnie qui barrait la moindre information déclarée « stratégique ».

Dans les deux cents bannettes de la salle de presse, on pouvait ainsi lire avec passion le même reportage décapant situé « quelque part dans le désert de Koweït » où on apprenait que tous les soldats avaient « un haut moral ». Parfois, un énorme scandale éclatait au sujet... du retard de deux jours du courrier en provenance des États-Unis. L'objectif était clair : la désinformation par la saturation d'informations sans importance. Une mascarade. Façon d'oublier les ratés du Vietnam.

Quant à nous, reporters étrangers exclus du « Pool », membres de la communauté non anglo-saxonne, français ou bantous, nous n'avions droit à rien, sinon à une interdiction formelle de circuler sans autorisation. Pour les militaires américains, nous n'étions rien ou pas grand-chose, fidèles à la filmographie hollywoodienne des films de Spielberg qui peint une nation française composée de jolies putains et de soldats-pillards connus pour leur lâcheté.

Bon, il était temps de reprendre nos vieilles habitudes.

D'abord, bourrer nos coffres d'une panoplie d'uniformes de GI américains, de soldats français et égyptiens. Puis badigeonner de boue réglementaire notre 4 × 4 camouflé frappé sur le toit d'un V renversé orange, signe de reconnaissance des véhicules alliés pour l'aviation. Avant de s'évader pour explorer le désert, quitte à dormir dans notre véhicule. Notre « officier » était Jean-Jacques, correspondant du *Figaro* à Washington, qui parlait un américain à l'accent de Brooklyn. Sur notre uniforme, comme insigne militaire accroché à l'épaulette, trois petites lettres cousues main, « FTP », à la fois rappel historique des « Francs-tireurs et partisans » et une chaleureuse apostrophe à l'adresse de l'état-major US : « Fuck the Pool ! »

Bien sûr, tout cela était strictement illégal et nous valait l'arrestation et l'expulsion du pays. La Military Police nous faisait la chasse, avec la complicité de leurs commis saoudiens, toujours prêts à nous arrêter aux nombreux barrages, en confisquant accréditations et passeports. Nous, nous nous mêlions aux convois militaires, arpentant le désert à la boussole, le coffre chargé d'eau minérale, de biscuits, de jerrycans d'essence et de roues de secours. La guerre était devant nous, ne restait plus qu'à la raconter.

De retour rapide à l'hôtel pour prendre une douche et envoyer nos papiers et nos photos, on regardait, sidérés, sur CNN des images officielles d'une guerre irréelle, racontée par des gens qui ne l'avaient jamais vue.

À l'approche de la grande offensive, les contrôles sont devenus plus stricts et les soldats saoudiens se sont mis, sur l'ordre des Américains, à exiger les papiers militaires. Du coup, il nous a fallu remiser l'uniforme réglementaire au profit de celui des forces spéciales américaines, calot de laine noire, visages noircis et treillis sombres. Les soldats saoudiens, affolés, nous arrêtaient aux barrages, Jean-Jacques, notre officier, prenait l'air sombre et dur de celui qui n'a pas l'habitude d'expliquer. Et tapotait de deux doigts son sigle FTP à l'épaulette. Les sentinelles se figeaient au garde-à-vous, nous saluaient. Et on passait. Un régal.

Le jeu d'« attrape-moi si tu peux » a duré jusqu'au Koweït. L'état-major américain enrageait, exigeant qu'on en finisse avec la cavale de ces « frenchies » hors-la-loi de l'information. Exaspérés, les flics de la Military Police nous couraient après et nous courions encore plus vite en remontant les convois du gros de l'armée jusqu'aux premières lignes où les hommes des forces spéciales, les vraies, éclataient de rire en découvrant la supercherie.

À la fin du conflit, le général Schwarzkopf a longuement expliqué à une foule de journalistes américains comment il avait réussi à les manipuler pour mieux intoxiquer les services irakiens sur le lieu présumé de l'offensive. Après l'aveu du général, les journalistes américains présents se sont levés d'un bond… et ils ont applaudi.

Nous aussi. Mais de bon cœur dans nos uniformes de FTP.

« Tout est vrai parce que tout est faux. Le réel devient secondaire. La vérité est remplacée par la viralité », a dit le grand écrivain algérien Kamel Daoud, effaré par un monde où une fake news devient parole d'évangile et où les présidents mentent comme des arracheurs de dents. Contre le virus de la désinformation, aucun laboratoire n'a trouvé de vaccin. Longtemps, des générations de reporters ont cru qu'il suffisait d'aller sur place, de vérifier les faits, de risquer sa vie pour établir la vérité. Pauvre illusion. Stéphane, un ami, decillé, parle d'« orgueil imbécile et naïf ».

Rien de plus instructif que d'assister à l'hommage rendu par un patron de presse devant le cercueil de son reporter tué. Que dit-il ? D'abord que le défunt, en plus d'être le meilleur des journalistes, était le meilleur des hommes. Soit. Ensuite qu'il est tombé pour témoigner de l'information, donc de la vérité, face à un monde qui deviendra meilleur et s'interposera, forcément, puisque soudain éclairé. Vœu pieux. Et surtout que, en dépit de « cette horrible tragédie qui nous touche tous si cruellement », l'entreprise continuera malgré tout à assurer sa mission d'information qui a fait le succès de la grande maison qu'il a l'honneur de diriger. Des larmes pour un héros mort, une bise à la veuve, une médaille sur le cercueil, le discours du général et vive la nation.

Le défunt, lui, aurait sans doute souri en voyant le mot « mission » accolé à celui de « vérité ». Doté du mauvais esprit d'un reporter, il aurait même parlé d'« obscénité du langage ». D'autant qu'on a déjà beaucoup de mal avec le simple mot de « vérité », « qualité de ce qui est vrai », dit une page du dictionnaire. Soit, mais qu'est-ce qui est vrai ? « Ce qui est conforme à la vérité », confirme la page suivante. Conclusion : la vérité, comme le temps, n'a pas de définition exacte. Les plus lucides ne parlent plus d'« objectivité », mais d'« honnêteté ». Et la vérité, devenue véracité, a cédé la place à l'exactitude des faits. Sincèrement, est-ce que cela vaut la peine de mourir au nom du dieu de l'exactitude ? Le reporter ne serait plus qu'un petit horloger chargé de remettre les pendules à l'heure, au mieux un allumeur de réverbères éclairant une conscience ici ou là. Tâche ingrate pour un destin modeste.

« *Eppure muoiono…* » Et pourtant, ils meurent.

Un soir, dans un camp de réfugiés de Tanzanie, à deux pas de la frontière du Rwanda, nous nous sommes retrouvés entre reporters d'expérience, c'est-à-dire épaules lourdes et regards fripés, serrés dehors autour d'un feu de bois, contre le froid glacial. Nous avions partagé les mêmes endroits, les mêmes peurs, les mêmes amis. Je ne sais plus qui a eu l'idée stupide de recenser ceux d'entre nous qui n'étaient plus là, les invalides, les morts au combat, les fous, les suicidés. En excluant les alcooliques et les toxicos, cela faisait quand même beaucoup de monde et nous réduisait à une petite liste de rescapés.

Quand le même imbécile a commencé à évoquer les traumatisés psychiques, les divorces en rafales et ces enfants qu'on n'a pas vus grandir, une voix ferme lui a demandé de continuer à vider sa bouteille, mais en silence. Et nous avons éteint ce feu de camp dont la fumée piquante devenait incommodante.

Et pourtant, ils meurent. Le premier est toujours un accident, la faute à pas de chance, les risques du métier. À la rédaction, Pierre Blanchet, mon voisin de bureau, était un intellectuel ancien maoïste des années 1970, fasciné par les révolutions de l'Est, un faux calme qui conduisait comme un pilote de rallye. Quand il s'est retrouvé, au crépuscule, face à cette caserne fortifiée de l'armée yougoslave, il a eu la sagesse d'engager un tête-à-queue pour faire demi-tour. Sans savoir que l'herbe du bas-côté de la route était truffée de mines. Nous l'avons enterré dans un cimetière de ses montagnes natales. Et je suis parti pour la Croatie, poursuivre son travail, sans le remplacer. On ne remplace pas un fauteuil vide en face de soi.

À Bucarest, j'exultais en retrouvant Jean-Louis Calderon. Toujours un bonheur de le croiser sur le terrain. L'œil bleu chaleureux, la fine moustache, l'élégance d'un duc d'Espagne et surtout l'attention qu'il portait aux autres. C'est d'ailleurs ce qui l'a perdu. Je courais dans la nuit de la révolution roumaine, dans le bruit infernal des chars de combat qui progressaient dans les petites rues vers la place du Comité central. À deux rues de là, Jean-Louis faisait exactement la même chose, les mains posées sur le dos de son caméraman qu'il guidait pour mieux le protéger. Il n'a pas entendu derrière lui grincer la chenille du char qui s'avançait.

Et Yvan Skopan, caméraman originaire de l'ex-Tchécoslovaquie, tombé dans l'ex-URSS. Yvan parlait un français déglingué, bourré d'humour, mais souffrait du dos. Je l'avais retrouvé alité dans un hôtel de Moscou, avais fait office de kiné et il était reparti d'un bon pied, rejoindre son équipier Patrick Bourrat. Quelques jours plus tard, les deux s'étaient retrouvés à filmer l'attaque de milliers d'insurgés contre Ostankino, le bâtiment qui abritait les chaînes de télévision.

À l'intérieur, une douzaine de jeunes soldats terrorisés avaient répliqué à coups de rafales aveugles de kalachnikov. Patrick, touché au poignet, collé au sol, impuissant, avait dû regarder le corps de son ami Yvan tressauter mécaniquement au rythme des balles qui le criblaient. Patrick n'avait jamais oublié. Il se sentait coupable de sa mort. Quelques années plus tard, dans le désert d'Arabie saoudite, quand il a vu son nouveau caméraman s'avancer vers un char lourd américain en manœuvre lancé à pleine vitesse dans les sables, il s'est précipité pour le protéger mais c'est lui, aveuglé par la poussière, qui s'est fait heurter par la masse monstrueuse des soixante tonnes du char Abrams. Un chirurgien militaire américain, incompétent, lui a ôté toute chance de survie.

Pierre, Jean-Louis, Yvan et Patrick. Les amis et les autres, les bons copains, ceux qu'on retrouve sur les mêmes terrains, ceux qu'on embrasse ou qui vous font mourir de rire et ceux avec qui on aime s'engueuler. Yves Debay, Belge de légende, baroudeur, peur de rien, entre mercenaire de l'info et Robin des bois, givré, mais chaleureux et intègre, a fini le front percé d'une balle entre les deux yeux par un sniper syrien à Alep. Et Gilles Jacquier, qui croyait dur comme fer au devoir d'informer, fauché par un obus de mortier à Homs la syrienne, dans une attaque qui avait tout d'une embuscade tendue par ses propres guides-fonctionnaires du régime d'Assad.

L'accident, soit. Le sniper, c'est la guerre. L'embuscade, un piège. Mais les suicides…

Paul Marchand, pigiste enlevé au Liban, talent révélé par le siège de Sarajevo, mauvais caractère légendaire, aussi radical qu'émouvant, capable de vous aduler ou de vous détester dans la minute pour un mot, un doute. Paul qui se croyait invulnérable et qui, blessé, n'a pas supporté de ne plus l'être. Paul qui a fini par se pendre des années plus tard. Et a endeuillé tous ceux qui l'aimaient.

Et Christophe de Pontfilly, fou d'Afghanistan et adorateur du commandant Massoud avec qui il avait fini par se confondre. Après la mort de Massoud, lui non plus n'a pas supporté la fin de son histoire passionnelle avec les montagnes du Panchir. Loin de la ville, Christophe s'est tiré une balle dans la bouche, dans la pénombre d'une forêt française.

Et tant d'autres encore que je ne connaissais pas.

Tous n'avaient pas l'illusion de détenir la vérité, mais tous étaient capables de traverser une avenue à découvert sous le feu d'un sniper pour aller vérifier une information qui, neuf fois sur dix, était fausse. Qu'on ne me dise pas qu'ils sont morts au nom de l'exactitude, ils valaient bien mieux que cela. Ni par besoin d'adrénaline, de ce shoot qui ferait d'eux de pitoyables junkies. Le frisson chimique de la mort est peut-être stupéfiant au début, fort encore quelques mois, mais bien fade après quelques années d'horreur. Autant se bourrer d'amphétamines à la maison.

« Héros », « Vérité », « Mission », que de mots ! Pompeux, grotesques, embarrassants. Mes amis qui font ce métier se méfient du label clinquant de « reporter de guerre », et ceux ou celles, souvent des novices prétentieux, qui y prétendent tirent les autres vers le bas. Loin de cette imposture, la quête d'un reporter est ailleurs. Cela vaut pour une bande d'athées armée de stylos et d'appareils photo. Inutile de chercher en eux une règle universelle. Chacun a son propre moteur, son ego, sa fêlure, ses tourments, ses aspirations. Et ce serait cracher sur leur tombe que de vouloir les expliquer.

Une vilaine tache sur le front

Paris, Le Caire, Khartoum, Alger, Tanger

Ils sont plusieurs centaines à courir, vêtus de treillis noirs, bandeau autour du front, cortège militaire sur le pavé de Paris. Les genoux hauts, les regards révulsés et l'index levé vers le ciel, ils chantent l'hymne du djihad. Partis de Barbès, ils ont traversé la Seine en peloton serré direction rive gauche, en frisant les moucharabiehs de l'Institut du monde arabe. Vingt ans plus tôt, les intellectuels qui martyrisaient le pavé parisien sautaient déjà sur place, mais en brandissant le petit livre rouge de Mao. Ces révolutionnaires inventeurs du pogo ne partaient pas, il est vrai, de Barbès mais de Saint-Germain-des-Prés.

Juste avant la Bastille, la centaine de barbus a accéléré la course, étendard noir en tête, en scandant « *Doula islamia !* », en clair : « État islamique ! »

Ce matin glacé de novembre 92, le monde frissonnait, l'Europe venait de signer le traité de Maastricht, Moscou se remettait d'une tentative de putsch, la Bosnie déclarait son indépendance et, plus près de nous, l'Algérie se lançait dans une guerre civile de dix ans, entre militaires et islamistes, « décennie noire » qui allait saigner le pays, pour longtemps.

Moi aussi je courais au rythme du cortège, carnet de notes à la main, les paramilitaires défilaient en noir, et tout le monde s'en fichait éperdument. À la veille de la Toussaint, sous un ciel gris de circonstance, Paris songeait distraitement à ses morts. Personne n'assurait le reportage à la radio, pas une image à la télévision le soir, à peine une brève le lendemain dans les journaux. La France préférait débattre avec passion de l'installation d'espaces non-fumeurs dans les collectivités.

Vingt-trois ans plus tard, le 13 novembre 2015, peu après une autre Toussaint, des noms familiers feront irruption dans l'histoire comme autant de massacres : le Bataclan, *Charlie-Hebdo*, l'hypermarché casher porte de Vincennes, le grand Stade de France de Saint-Denis, la Promenade des Anglais à Nice... Depuis 1985, la France a connu trois vagues de terreur, devenant le pays d'Europe le plus touché par les attentats, au nom de l'« État islamique », celui proclamé par nos marathoniens en treillis noirs. Trente ans, il aura fallu trois décennies et un deuil collectif pour déciller la France.

Un *cauchemar*. Aujourd'hui, tous, victimes, éditorialistes et même leaders politiques, pleureuses en tous genres, ont le même mot à la bouche. Pour qualifier une série d'attaques par des hommes contre des hommes, ils n'ont trouvé d'autre terme que celui de *cauchemar*. À la grande joie des djihadistes qui promettaient au monde occidental en général et à la France en particulier de leur faire vivre, précisément, un véritable *cauchemar*.

Les mauvais rêves, je connais. Ils attendent de vous voir profondément endormi, font effraction par surprise dans votre cerveau terrifié et vous réveillent en transe : vaincu. Il suffit en général d'allumer l'électricité, de boire un verre d'eau en cuisine et les fantômes s'en retournent vers leur pays de noirceur. Ces fictions-là ne résistent pas à la lumière.

Pourquoi donc est-ce que nos dirigeants, dont la fonction théorique est de nous guider, choisissent-ils d'utiliser ce langage fantasmatique – sortir du *cauchemar* – pour parler du terrorisme dès qu'il agit au nom de Dieu, d'Allah en l'occurrence. En politique, quand on ne sait pas quoi faire, on compatit. Après chaque attentat, les voilà qui défilent, battus et abattus, les larmes aux yeux, pour psalmodier le même mantra et offrir sur un plateau d'argent aux fanatiques un pouvoir inouï : les rendre surhumains, issus du monde des limbes, des Enfers. Quelle erreur.

« Je voudrais qu'ils comprennent que je brûle comme du bois sec ! » s'est écrié un Afghan qui a perdu sa femme dans une attaque de la maternité. Qu'il se rassure, non seulement les islamistes le comprennent, mais ils en jouissent.

Aborder le sujet de l'islamisme est, aujourd'hui, se faire étrangler dans un étau idéologique. D'un côté, les fanatiques qui, à force de rhétorique, ont réussi à brouiller les genres pour se ménager une zone d'immunité grâce à une invention géniale : l'« islamophobie ». Ils ont inventé le terme, le concept et l'ont imposé dans le débat public, en martelant que toute démarche intellectuelle contre l'islamisme est, de fait, une prise de position contre l'islam, donc contre les musulmans, pour la plupart arabes. Donc, du racisme pur et simple. À l'image du gouvernement israélien actuel pour qui toute position critique symbolise « l'essence même de l'antisémitisme ».

D'un côté, les islamistes. De l'autre, l'extrême droite, complotistes et populistes en tous genres. Pour ces derniers, le péril est l'Autre. Eux déroulent la pelote à l'envers en brandissant l'épouvantail d'un « grand remplacement » planifié par une armée d'envahisseurs venus submerger la république. Pour l'extrême droite de toujours, de Raspail à Le Pen père et fille, de Renaud Camus à Éric Zemmour, tout migrant est un islamiste en puissance.

In fine, la très utile *menace* islamiste permettrait, en cas d'accès au pouvoir, de justifier des lois racistes et xénophobes. Ce qui conforterait évidemment la propagande victimaire des intégristes sur « l'islam attaqué par l'Occident des croisés ». Rêvons.

Doit-on s'interdire aujourd'hui de traiter de l'islamisme si on n'est pas musulman ou militant d'extrême droite ? « C'est dans le vide de la pensée que s'inscrit le mal », répond Hannah Arendt.

Allons, les attentats n'ont rien à voir avec un *cauchemar*, ils ne sont pas de l'ordre du songe, mais bien du réel. À la base, il y a des combattants, une logistique, du matériel, des réseaux. La plus mauvaise des réponses est l'angoisse. Pour lutter contre les djihadistes, il ne faut pas être sidérés par l'horreur – leur objectif – mais rester au contraire parfaitement éveillés. D'autant que la menace est là, devant nous, visible, palpable. Elle l'a toujours été, dès le début. Il suffisait, dès l'automne 1992, de franchir le mur des remparts de la capitale et de plonger dans la banlieue, la nôtre, toute proche, pour commencer à mesurer l'étendue du mal. C'était il y a trente ans.

Marlene Dietrich venait de mourir, les émeutes raciales dévastaient Los Angeles, la famine régnait en Somalie où l'armée américaine lançait l'opération « Restaurer l'espoir » qui se terminait par un échec fracassant, mais donnait un glorieux film hollywoodien. En France s'ouvrait le procès du sang contaminé et Mohamed Boudiaf était assassiné dans une Algérie déjà plongée dans l'état d'urgence.

À Sartrouville, dans la banlieue de Paris, l'exotisme du nom de la « cité des Indes » cachait des paquets d'immeubles gris criblés de graffitis à la gloire du FIS algérien, la défense de la Palestine occupée ou la dénonciation des « Juifs qui gouvernent la France ». Et les regards des gamins, qui poussent au pied des barres, repéraient l'étranger aussi sûrement que les choufs des ruelles de la casbah. Déjà, à cette époque, pour pénétrer dans la cité, j'avais dû quémander la permission de l'imam de la mosquée locale, entouré de militants salafistes musclés chargés de garder un œil sévère sur l'intrus.

Dans les banlieues de Paris, du Caire ou d'Alger, le mécanisme d'infiltration est toujours le même. Au début, personne ne peut s'opposer à la bienveillance des « frères » qui investissent les trous noirs de la société, ces territoires que l'État a délaissés. D'abord, des militants zélés portent ses courses à la vieille dame du sixième sans ascenseur, aident le gamin en difficulté à faire ses devoirs, donnent des règles aux ados perdus et les expulsent de la drogue par la discipline de la prière. Les autorités, ravies d'économiser des postes d'éducateurs spécialisés, applaudissent le mythe des « grands frères ». Commence alors un long travail de sape.

Les barbus mettent en quarantaine celui qui ne leur obéit pas, traitent de juif le laïc qui s'oppose, infiltrent les associations du quartier, qualifient de débauchée une animatrice dont la jupe ne couvre pas le genou, giflent une gamine qui a accepté un gâteau non halal et se dressent régulièrement en classe pour dénoncer Darwin et Voltaire. Lentement, ils pourrissent la vie de la cité, poussent les autres associations vers la porte et, finalement, prennent le pouvoir.

Six mois à peine avant le défilé des djihadistes dans Paris, un rapport des RG mettait en garde contre l'influence grandissante des thèses islamistes au sein de la deuxième génération d'immigrés. Il recensait plus de sept cents associations musulmanes en France, certaines semi-clandestines, d'autres avec pignon sur rue. Le rapport a fini à la poubelle, en même temps que le service des RG, démantelé.

Dans la cité des Indes, le nouveau responsable des associations m'avait toisé, plein de mépris face à l'envoyé de la presse mécréante, en prévenant qu'il « ne laisserait pas attaquer l'islam ». Après tout, il ne demandait pas grand-chose, sinon le *respect*.

Ah, le *respect* ! Une autre invention géniale des barbus. C'est au nom du *respect* qu'on brûlera, de Peshawar à Paris, les unes des journaux comme *Charlie-Hebdo* qui osent blasphémer le nom du Prophète. Avant d'attaquer ses locaux à la kalachnikov. Et la même indignation vertueuse conduira à la décapitation de l'enseignant Samuel Paty. Le *respect*, fils naturel de l'islamophobie, est le cheval de Troie de l'islamisme. Kamel Daoud remarque avec justesse que « nous serons toujours offensant pour les islamistes. Pas pour ce que nous faisons, mais pour ce que nous sommes ».

Une fois l'argument du *respect* éventé viendra celui de la *victime*. Après s'être autoproclamés déshérités, les islamistes se présenteront en martyrs des droits de l'homme – symbole cyniquement récupéré d'une démocratie qu'ils veulent pourtant abolir – puis comme les cibles d'un racisme pur et simple et, enfin, comme les dignes héritiers des peuples colonisés. Écrasés, hier et aujourd'hui par l'oppresseur colonial. Du respect à la reconnaissance historique, on est passé à la petite musique sacrée de la *repentance* collective. Le mouvement indigène et décolonial, boomerang de l'histoire, leur ouvre un boulevard. Conclusion des islamistes : accusés, taisez-vous, à genoux, repentez-vous et inclinez-vous devant la suprématie de Dieu, donc la nôtre. Cela s'appelle une guerre pour le pouvoir.

Et quand les autres musulmans ne suivent pas, ils s'exposent à subir le sort des juifs et des croisés mécréants. En une quarantaine d'années de terrorisme islamiste, les trente-quatre mille attentats commis dans le monde ont d'abord tué ou blessé, à quatre-vingts pour cent, les musulmans eux-mêmes. Et les GIA en Algérie n'ont pas hésité à décréter leur peuple « traître », bon à égorger, parce qu'il ne leur obéissait pas.

Leur défense de l'islam est parfois à géométrie variable. Comment expliquer l'inertie des intégristes contre le massacre de leurs frères ouïgours en Chine ? Un million de Ouïgours, pas chiites, mais sunnites comme eux, jetés dans des immenses camps d'internement du Xinjiang, condamnés au travail forcé, soumis aux programmes de rééducation, au lavage des cerveaux. Prison, torture, viol, face à la brutalité des Chinois accusés de génocide contre des frères musulmans ouïgours, on s'attendrait à un discours de combat à mort des islamistes contre les fils de Satan chinois, communiste et athée. Il n'en est rien. Assourdissant silence. Ironie de l'affaire, ce sont les démocraties des « croisés » de l'Occident qui dénoncent à l'ONU ces crimes contre les musulmans. Pas de quoi ébranler la haine sélective des intégristes. Les États-Unis et la France en tête demeurent leur modèle d'ennemi. Et pour vaincre l'Occident, tout est bon, le djihad à l'étranger ou sur le front intérieur, dans les banlieues de l'islam.

Le grand mérite qu'il faut reconnaître aux islamistes est qu'ils disent ce qu'ils font et qu'ils font ce qu'ils disent. Pour connaître leur programme, il suffit de savoir les écouter.

Ce soir-là, j'étais au Caire, attendu à dîner par les chefs clandestins des Frères musulmans. En ce mois de juin 1986, il fait une chaleur d'enfer. Le ramadan en plein été est un calvaire le jour, une débauche la nuit. Dès midi, la bouche sèche, les fidèles respirent avec peine et parlent peu. La privation sacrée interdit l'eau et la nourriture, le tabac et les femmes. Enfin, à l'heure où le soleil caramélise les façades, les premières ombres glissent vers le quartier de la mosquée El-Hussein. Là, loin du vacarme de la rue, ils peuvent, dans la fraîcheur du silence, appuyer leur tête contre les colonnes de marbre et se prosterner sur les épais tapis. Mendiants, fellahs aux pieds cornés, hommes d'affaires en cravate, flics en uniforme et indics en civil, toute l'Égypte fête le ramadan sacré.

Dehors, on a lavé le sol à grande eau. En terrasse des restaurants, à l'heure de la rupture du jeûne, des familles entières attendent, stoïques, devant des montagnes de viande en brochettes. Sous les arcades flotte l'odeur mêlée du café turc, de l'anis en grains et du thé à la menthe. Fête du corps, gloutonne, fête païenne des *Mille et Une Nuits*. Au fond d'une impasse, la foule s'agglutine autour des violons, des tambourins et des cymbales de la musique des soufis. Le tabac sucré des narguilés brouille l'esprit, des femmes voilées de noir s'aspergent de lourds parfums, fument comme des sapeurs, et des liasses de livres égyptiennes passent de main en main à l'attention de l'orchestre. Le ramadan n'est pas conçu pour la transe, mais la musique va trop fort et, sur leur chaise de velours, de superbes matrones se déhanchent, l'œil vague et leurs seins lourds offerts au ciel.

Dans la pénombre, mon voisin ironise en prédisant que, avec la charia, ces femmes-là recevraient le fouet.

En ce temps-là, l'Égypte que nous aimions était pieuse, certes, mais sensuelle. Un défi aux tenants d'un nouvel islam rigoriste bien décidés à mettre un terme à la débauche. Déjà, les inquisiteurs poussaient les jeunes filles à s'envelopper dans leur voile, dénonçaient la moindre esquisse de baiser dans les feuilletons télévisés impies et exigeaient, devant les tribunaux, la mort pour les apostats osant abjurer leur foi. Sous la pression, Egyptair venait de renoncer à servir de l'alcool sur ses lignes et un grand quotidien national avait rapporté, sans en sourire, l'histoire de la poule qui avait pondu un œuf frappé du nom d'Allah.

La bataille idéologique ébranlait la Foire du Livre annuelle où, d'année en année, les ouvrages scientifiques reculaient devant les textes du Coran, la carte postale islamique et les boussoles orientées vers La Mecque. Les fascicules complotistes se vendaient à même le trottoir, dénonçant le Mal venu de l'Occident, et ses armes, la contraception, l'avortement et le sida inoculé par « les diablesses blondes porteuses de maladies ». Dans la rue, de plus en plus d'hommes, crâne rasé et pantalons courts, exhibaient une marque noire entre les yeux : Allah était sur tous les fronts. Entre l'Égypte de la chair et les enfants sévères de la charia, la guerre faisait rage. Et j'étais venu jusqu'ici pour tenter de comprendre qui pouvait l'emporter.

« Écrivez », ordonne poliment mon hôte.

Dans ce quartier populaire, loin des fastes de la mosquée El-Hussein, une ampoule nue éclaire mon dîner clandestin chez les Frères musulmans. Chaleur de hammam. Lui est à jeun, sec et sobre ; moi, gavé de café et de tabac, je dégouline de sueur, le nez rouge, lamentable. Question d'habitude. Le salon se réduit à un bout de terrasse en ciment coincé entre deux façades aveugles et l'unique mur repeint de frais regarde vers La Mecque. Le dénuement contraste avec le luxe de ce téléphone blanc portatif – technologie inédite à l'époque – qui permet de rester en contact avec les « Frères » de l'étranger.

Hassan Gamal offre lui-même la galette et les fruits rafraîchis. Il est l'un des premiers huit députés des Frères musulmans au parlement égyptien. À ses côtés, deux « Frères », un ingénieur, barbe et *galabieh* blanche, voix forte et carrure imposante, et un conseiller municipal d'Alexandrie, attentif, mais silencieux. Lui ne parlera qu'une seule fois, pour dénoncer les « juifs malfaisants ». Tous ont connu la prison et la torture de la police du régime, tous portent sur le front cette large tache sombre et tuméfiée, hématome que les bons musulmans entretiennent en raclant le sol lors des cinq prières quotidiennes.

Ils disent ce qu'ils ont déjà accompli : prendre en main la société offerte par l'État démissionnaire, trop content de voir les religieux l'aider à démolir l'opposition de gauche.

Ce qu'ils font : noyauter les associations, les écoles, les syndicats, les partis, l'État.

Et ce qu'ils feront : prendre le pouvoir, quand il tombera comme un fruit gâté.

À quatre cents kilomètres au sud, à Assiout, j'en ai vu les premiers résultats : les coptes doivent dissimuler leur croix, les barbus interdisent cinémas, concerts et voyages mixtes, des adolescents meurent poignardés pour avoir parlé à une fille et les barbus ont défoncé la bouche d'un artiste à coups de barre de fer pour avoir osé chanter de la musique religieuse. Plus grave, la nuit, les intégristes, maîtres de la rue, ouvrent le feu à l'arme automatique contre un poste de police ou une église. À Assiout, le sang coule.

D'un geste ferme, Hassan a interrompu ma complainte humaniste. Tous les musulmans d'Égypte forment les bataillons d'une même armée. Le Caire ou Assiout, salafistes ou Frères musulmans, tous vont dans la même direction, par un autre chemin.

En quittant Le Caire, je m'accrochais au rêve éveillé de mon ami Yousry Nasrallah, cinéaste égyptien, élève de Youssef Chahine, qui croyait à la sensualité de son peuple, sa vulnérabilité et son goût irrésistible pour la fête : la force de la *chair*.

Le rêveur se trompait bien sûr. Et les islamistes égyptiens, plus pragmatiques, ont fait exactement ce qu'ils avaient dit.

En juin 2012, vingt-six étés après mon dîner du ramadan avec les frères de l'ombre, le pouvoir est tombé comme un fruit mûr entre leurs mains. Mohamed Morsi, issu des Frères musulmans, est devenu, par les urnes, président de la République égyptienne. Un an encore et il se préparait à modifier la Constitution du pays quand il a été balayé par un coup d'État des militaires. Depuis lors, l'Égypte, celle des Frères musulmans, des intégristes, des matrones jouisseuses et de mon ami Yousry le cinéaste, est tenue d'une main de fer par les militaires. Une dictature en a remplacé une autre.

Un an plus tard, j'avais sous les yeux ce qui avait fait rêver les Frères du Caire : le Soudan, devenu le premier pays islamique d'Afrique. D'Égypte, il suffit de remonter le Nil qui partage le désert d'ouest en est, sur l'axe du passage des pèlerins vers La Mecque. Au nord, là où les deux affluents du fleuve se rejoignent, est la fracture entre le monde arabe du désert et l'Afrique noire animiste. Les eaux du Nil bleu et du Nil blanc s'unissent alors, au centre exact d'une ville qui ne pouvait être que capitale : Khartoum.

Ici, depuis dix ans, on avait amputé des centaines d'hommes, emprisonné et pendu, au nom de l'islam. Le régime s'était depuis allégé, mais les lois demeuraient et le pays vivait sous le signe de la charia. On flagellait en place publique.

Je m'attendais à une cité fermée, dure, austère, peuplée de femmes invisibles sous leurs voiles noirs, je croise des flammes de tissu orange et bleues qui lèchent les murs brûlés. Le Soudan avait deux visages, comme le pouvoir en place. D'un côté, un général, Bechir, chef de la junte militaire, auteur du coup d'État de 1989. De l'autre, celui qui l'a inspiré, l'homme qui m'intéresse, Hassan al-Tourabi. Sans uniforme, sans mandat officiel et sans titre, mais l'âme véritable du Front national islamique des frères musulmans. Celui qu'on a surnommé le « Pape noir » de Khartoum.

Rien ne lui échappe. Le docteur Tourabi a su museler l'armée en remplaçant ses officiers par une milice islamique avant d'expédier tous les fonctionnaires et les étudiants, hommes et femmes, dans des camps d'entraînement. Au programme : le fusil et le Coran.

Il me reçoit dans sa villa près du grand fleuve. Étrange personnage. L'homme est délicat, presque fragile, toujours souriant, l'œil moqueur ou cruel derrière des lunettes à fines montures, en tunique et turban d'un blanc immaculé, la barbe ciselée au millimètre comme le jeu des doigts manucurés au bout de ses longues mains.

Un Anglais venu d'Oxford, un Français de la Sorbonne, la rhétorique d'un Frère musulman, au phrasé précis, glissant avec aisance sur les sujets épineux, le genre d'homme qu'on n'interrompt pas.

Il vous apprivoise en parlant de l'Europe tellement belle, Londres et Paris, qu'il connaît si bien, se fait d'abord diplomate et avocat de la paix, puis devient plaignant, déplorant que l'islam soit traité en ennemi, puis avocat pugnace du Soudan, premier grand État islamique après l'Iran, et soudain procureur, en vous renvoyant au visage votre histoire coloniale, l'esclavage et la guerre d'Algérie. La plainte et la menace, vieille technique islamiste. Sans jamais se départir de son sourire doux et en proposant la paix universelle pour tous, victimes et bourreaux.

En signe de bienveillance, le « Pape noir » m'a invité à assister à son grand concile Khartoum II, la deuxième Conférence populaire arabe islamique qui se tient à l'hôtel Hilton. Dans les couloirs feutrés, on croise Tariq Ramadan, islamologue installé à Genève, maître en double discours, petit-fils du fondateur des Frères musulmans, incendiaire intransigeant au milieu de ses frères, mais séducteur face aux caméras occidentales.

L'immense salle de conférences suffit à peine à accueillir les six cents représentants des délégations venues du monde entier : Algériens, Marocains, Tunisiens, Égyptiens, Irakiens, Syriens, musulmans bosniaques, Afghans, Pakistanais, Tadjiks, Philippins ou Tchétchènes. La conférence vote des motions de soutien aux frères irakiens et libyens avant l'inévitable condamnation d'Israël. Les délégués échangent contacts et numéros de téléphone et l'argent de l'Arabie saoudite coule à flots pour cimenter l'internationale islamique. Dans sa villa au bord du Nil, le « Pape noir » rayonne, en souriant à la lecture des analystes parisiens qui n'ont pas fait le déplacement à Khartoum, mais continuent à parler de poussées nationalistes ici ou là, de révoltes sociales, expressions éruptives d'un désespoir passager. Bref, rien d'inquiétant.

Juste de l'autre côté de la Méditerranée, déjà, l'Algérie convulse. L'annulation par les militaires du second tour des législatives, qui annonçaient la victoire absolue du FIS, a déclenché une guerre civile atroce. Un ami journaliste algérois, lucide, m'a prévenu : « Nous entrons dans la nuit. »

Inconsciemment, j'avais tout fait pour ne pas y retourner. Devenue indépendante, la terre de ma naissance n'était plus mon pays, elle appartenait aux seuls Algériens. Un pays incarne à la fois un lieu et un moment. Or, l'Algérie de mon enfance avait disparu.

Dans mon métier, flairer le piège a l'avantage de prévenir les ennuis, mais pas toujours de les éviter. J'émergeais à peine d'un trou noir. Un virus inconnu, récolté sur les pentes enneigées d'un camp de réfugiés kurdes irakiens, m'avait réduit à l'état de chiffon mou pendant six mois. Je brûlais de reprendre. La rédaction m'avait sagement conseillé un petit galop d'essai sous forme d'un reportage culturel sur un film de Benjamin Stora projeté *in situ*, dans une salle de cinéma de quartier… à Alger. Pressentant l'embuscade, je m'étais empressé, la projection terminée, de regagner Paris sans prendre le temps d'un quelconque pèlerinage. Il n'empêche. Juste avant de grimper dans l'avion, j'ai entendu le bruit sec des mâchoires métalliques d'un piège qui se refermait.

Quelques semaines plus tard, Alger explosait, j'en revenais, tout me désignait. Et je repris l'avion.

Dix ans. À faire l'aller-retour entre Paris et Alger, trois fois par an. Dix ans à voir le sang badigeonner les murs d'une ville qu'on persistait à dire blanche. Dix ans d'une formation permanente sur l'escalade islamiste, ses méthodes, sa force et ses faiblesses, sa course perpétuelle à la mort et son acmé délirante. Tout était déjà là, inscrit : l'infiltration des militants du FIS dans la casbah des déshérités, le noyautage des associations de bienfaisance, des facultés, des syndicats, et le discours de la foi contre la *hogra*, mélange de honte et de sentiment d'injustice.

Et le rôle des imams derrière les murs des prisons, pseudo-aumôniers de l'islam prônant la prééminence de la loi de Dieu sur celle de l'État, et le danger d'incarcérer pêle-mêle de jeunes militants de circonstance et des ténors du djihad, le mélange des religieux et des droits communs endurcis à qui les barbus promettaient le salut de leur âme par le djihad, vivier de criminels que l'on retrouvera, comme les frères Kouachi chez nous, l'arme à la main, prêts à mourir en martyrs en massacrant le plus d'innocents possible. Et l'utilisation de l'argent sale de la drogue pour la juste cause, le prestige fantasmé des combattants « afghans », plus tard des « Syriens », icônes de toute une génération enflammée par les exploits des grands frères… Oui, tout était déjà là, sous nos yeux, de l'autre côté de la Méditerranée. Encore trop loin, trop barbare pour nous ? Au point de nous sidérer, quand nous ferons mine de le découvrir plus tard, en mode mineur, mais à l'identique, chez nous, en France.

Si nous n'étions pas capables de décrypter le langage, pourtant clair, des réquisitoires des Frères musulmans, du FIS et des GIA, nous aurions pu au moins entendre la voix familière des intellectuels francophones algériens exilés.

En ce mois de février 1994, des tornades de pluie noient les ruelles de Tanger au Maroc. Dans le salon d'une villa aux rideaux clos, je regarde un homme qui boit, comme on se suicide. Encore jeune, le cheveu dru, les traits torturés, mais l'œil lumineux, l'écrivain reconnu a déjà publié *L'Honneur de la tribu*, *La Malédiction* et *De la barbarie en général et de l'intégrisme en particulier*. Rachid Mimouni ne voulait pas quitter l'Algérie. Même quand son nom a été affiché sur les murs des mosquées autour de chez lui. Des amis lui ont conseillé de parler moins fort, d'autres de se taire. Juste avant de recevoir des lettres qui disaient toutes la même chose : « Tu es un mécréant. Tu vas mourir. »

Il débouche une bouteille de liqueur forte et sucrée, un poison, en remplit un grand verre à soda, le vide.

Les coups de téléphone ont suivi. Des insultes, des menaces de mort, parfois un simple halètement. Ou un bruit aigu, insupportable, celui d'un rasoir qu'on aiguise à l'autre bout du fil.

Rachid Mimouni a continué à vivre, lui disait à « survivre », entouré d'un luxe de précautions. Abandonner ses cours à la faculté, ne plus avoir d'horaires précis, ne jamais suivre le même itinéraire, multiplier les détours et les demi-tours, ne pas conduire seul, ne jamais donner de rendez-vous à des heures précises. Depuis un an, le fait même de faire quelques pas dans la rue était devenu impensable. Dans sa boîte aux lettres, les billets s'accumulaient : « Ceux qui nous critiquent par la plume doivent mourir par le sabre. » La menace se rapprochait.

Survivre, résister, voilà qui est bien, mais comment protéger sa famille ? La nuit, qu'une porte claque et tout le monde était debout. Souvent, son fils de douze ans se réveillait d'un bond en pleurs : « Je ne veux pas qu'on te tue ! »

Il se sert un autre verre, à ras bord, l'avale d'un trait.

Un jour, le téléphone a sonné et une voix aimable a demandé à parler à sa plus jeune fille. La gosse a pris le combiné et l'inconnu lui a décrit comment il allait l'égorger. Trois appels en quelques jours. Un ami lui parle de Tanger, Rachid hésite, en se répétant qu'il a toujours refusé l'idée de l'exil. L'écrivain s'obstine, dort près du téléphone, mais finit par s'absenter une heure et retrouve sa fille, en sanglots, le combiné à la main. Trop dur.

Le soir du réveillon, il finit par débarquer à Tanger avec toute sa famille, ses valises à la main, à la recherche d'un hôtel. Depuis, il n'a pas cessé de pleuvoir.

Il se sert un autre verre, la bouteille est vide, en débouche une autre.

Rachid Mimouni me dit qu'il ne parvient plus à écrire, passe ses journées à côté de la radio, l'oreille collée sur cette Algérie toute proche, mais qui lui est interdite par les intégristes. « Pour eux, c'est une grande victoire. » Pour lui, une interminable défaite.

J'ai quitté un homme ivre, mais lumineux, qui mourra à Tanger, un an exactement plus tard, un mois de février pluvieux, d'une hépatite fulgurante due à l'alcool, diront les médecins. Plus sûrement, selon ceux qui l'aimaient, rongé de l'intérieur par son Algérie perdue.

Je suis reparti vers cette Algérie hémophile qui se vidait lentement de son sang. Il m'a fallu longtemps pour accepter l'idée que je ne pouvais pas couvrir son histoire contemporaine sans fouiller son passé, celui de la guerre d'indépendance et, par là même, celui de mon enfance. Entre deux massacres et pour tirer un trait que je croyais définitif, je me suis accordé quelques heures, le temps de gagner Hussein Dey, de jeter un coup d'œil rapide en passant devant mon ancienne école, la place vide sur le trottoir d'Alexandre le clochard, l'église de ma première communion devenue une mosquée et le magasin de télévisions de mon père reconverti en brûlerie de café. Sur le trottoir, l'arbre sur lequel il avait gravé ses initiales à l'opinel avait disparu, abattu par un chauffeur d'autobus maladroit. Encore un arbre déraciné.

On m'a souvent demandé si je ressentais de la *haine* pour ses assassins. La question m'a toujours étonné. La haine est un sentiment qui fatigue, a dit élégamment un pilote de chasse de la RAF. Mes tueurs de la Saint-Valentin n'étaient que des petits pions sur le grand échiquier de la guerre. Ce jour-là, au hasard d'une case, ils avaient réussi à prendre mon roi, voilà tout. Même un enfant comprend qu'on ne peut pas haïr un pion.

Le « cimetière chrétien » se trouvait juste à la sortie de la ville, entre un champ de tomates et le chemin de fer. Face au portail d'entrée fermé, j'ai sauté le mur d'enceinte et erré longtemps entre les tombes pillées, les angelots de plâtre mutilés et les vierges décapitées. Dans une ville surpeuplée, l'espace désert des anciens cimetières européens servait de refuge nocturne aux amoureux et aux toxicos, et les tombes de caches d'armes aux islamistes.

J'ai finalement réussi à localiser le caveau familial. Une dalle brisée, un faux bouquet en pierre et deux noms, ceux de mon père et de mon grand-père. Je me suis dit qu'il suffirait d'une minute de silence. Avant de repartir. Après tout, les enterrements, les cimetières, les tombes, les fosses communes et les morgues, voilà des années que la matière faisait partie de ma vie professionnelle.

La minute écoulée, j'étais toujours là, un peu déconcerté par cette toux profonde qui montait en moi et me secouait comme un asthmatique en crise. Je ne comprenais pas. Soudain, là, au pied de cette dalle de marbre blanc inscrite du nom de mon père, la toux, devenue grasse, s'est transformée en violente quinte. Une vie plus tard, le gamin s'autorisait à pleurer. Décidément, le temps n'a pas grande importance.

En quittant le cimetière, j'ai refermé le livre d'autrefois. Dehors, l'Algérie attendait, brûlant d'une nouvelle guerre civile qui carbonisait ses habitants. Islamistes contre militaires, fanatiques du désordre contre religieux de l'ordre, « éradicateurs » contre « dialoguistes », partout on nous pressait de choisir, de désigner les bons et les méchants. Entre les deux, on oubliait les démocrates, ceux qui refusaient les armes et cherchaient une impossible troisième voie. Désespérés, eux flairaient le piège final, entre les deux mâchoires de la tenaille qui allait les broyer.

Et cela n'a pas manqué.

Aujourd'hui, on sait que donner carte blanche aux militaires contre les islamistes est la pire des solutions. Quand l'armée, à force de brutalité, finit par écraser l'insurrection des fanatiques, ne reste, immanquablement, qu'une dictature pour en remplacer une autre.

Ce 13 novembre 2015, à Paris, après les attentats, j'ai marché longuement, comme bien d'autres, à travers les quartiers dévastés. Façades noircies, éclats de verre, taches sombres sur le trottoir, sirènes de police, regards perdus d'incompréhension, tas de cendres des vies abîmées, tout ce que nous avions si souvent décrit, à l'étranger, en mots et en images. Ailleurs.

Je regardais mes amis photographes courir les rues en prenant les mêmes images sous les mêmes angles, avec des gestes de professionnels aguerris. Nous n'étions plus dans un quartier populaire du Moyen-Orient ou d'Alger, mais au cœur de la France. Les attentats aveugles, jusqu'ici classés au rayon politique étrangère, avaient fait irruption dans notre quotidien, au coin de la rue, au café d'en face, au pied de notre immeuble, tuant et mutilant nos proches. Un *cauchemar* ? Non, l'intrusion de la réalité.

Que peut faire une démocratie face à une secte obscurantiste, mais mondialisée ? D'abord, perdre ses dernières illusions. Avec les hommes en noir, pas de grand soir ou de lendemains qui chantent. Noirs leurs treillis, leurs étendards, leurs turbans, le voile intégral des femmes, noirs leurs desseins. Les djihadistes ne portent que la mort. Ils la programment, la cultivent, la cajolent, en rêvent comme d'un aboutissement. Et l'exportent. Ce n'est ni une révolution ni un désespoir nihiliste mais une entreprise totalitaire en action.

On ne négocie pas avec le mal, on le combat. Avec les intégristes, négocier ne sert à rien. La déradicalisation est une vaste blague. Comme si l'islamisme n'était qu'une maladie à soigner et non une idéologie mortifère. Autant vouloir déradicaliser une légion de SS. À l'étranger ou au cœur de nos banlieues, concéder équivaut à céder, et chercher le compromis est perçu comme une marque de faiblesse. Il est urgent d'en finir avec la seule invocation du *cauchemar* et de s'en tenir à pleurer nos victimes en allumant des bougies. Camus, encore : « On se fatigue de la pitié quand la pitié est inutile. »

Que peut-on faire ? Sinon ne rien céder sur nos valeurs, notre mode de vie, notre droit au blasphème, nos mœurs, nos excès même. Rappeler qu'il ne suffit pas de lever l'index vers le ciel pour acquérir ensuite le droit de le pointer vers nous. Et s'engager sans merci, par la force, et la loi, la *force de la loi*, en veillant à ne pas perdre notre âme, bien moins noire, malgré nos nombreux travers, que la leur.

Le monde d'en bas

Rwanda, printemps 1994

Pourquoi est-ce qu'il ne bronche pas ?

Posé sur un rocher noir à fleur d'eau, sous le feu de midi, il n'a pas eu un mouvement depuis ce matin. À portée de sa gueule, trois corps gonflés tournent en rond, coincés dans un tourbillon du fleuve. Un peu plus loin, une quinzaine d'autres, hommes et femmes, flottent sur le ventre, pris dans les branches d'un arbre ou les herbes de la berge. Pourquoi ce crocodile semble-t-il dormir sur son île, indifférent au festin qui s'offre à lui ?

Je revois ce pont sur la frontière tanzanienne, au pied des chutes de Rusumo. Le bruit de l'eau à gros bouillons, la vapeur qui monte, mouille le visage. En bas, le fleuve, épaissi d'une boue ocre et grasse. Écœurante. Et ce dinosaure à écailles, énorme, massif, maître de son marigot.

De l'autre côté du fleuve, il y a l'inconnu, le Rwanda. Nous sommes en plein génocide et je tourne depuis des jours autour du territoire interdit sans parvenir à y pénétrer. J'ai tout essayé. D'abord, début mai, à bord d'un avion militaire des Nations unies, parti de Nairobi, au Kenya. Le gros appareil a commencé sa descente sur Kigali et je n'ai rien vu sinon quelques fragments de terre rouge hachés par les nuages. J'ai cru toucher au but quand les roues ont effleuré le terrain. Jusqu'à ce qu'une rafale de mitrailleuse lourde rebondisse contre la tôle, obligeant le pilote à remettre les gaz, en direction de Nairobi, notre point de départ.

Là-bas, j'ai appris qu'un unique poste-frontière, perdu à l'est de la Tanzanie, restait ouvert. J'ai équipé un pick-up, jerrycans d'essence, eau potable, roues de secours et médicaments. Et roulé des centaines de kilomètres pour buter sur le poste-frontière en question qui venait juste de se refermer. Demi-tour.

Maintenant, cinq cents kilomètres plus au sud, les pieds dans la boue des chutes de Rusumo qui marquent la frontière sud-est avec le Rwanda, je regarde ce pont, fermé lui aussi et, de l'autre côté, visibles à l'œil nu, des hommes en armes qui nous mettent en joue.

Un garde-frontière tanzanien aux cheveux blancs dit qu'il y a quelques jours encore il voyait passer plusieurs dizaines de corps par heure, les mains liées dans le dos, portés par la crue sur des centaines de kilomètres, jusqu'au Burundi voisin. Plus au nord, le fleuve Kagera et ses affluents les déversent dans le grand lac Victoria, une mer d'eau douce de trois cents kilomètres de long. Là-bas, les pêcheurs ont renoncé à jeter leurs filets, fatigués de ne remonter que des cadavres. Chaque jour, il en arrive un ou deux milliers de plus. L'eau est devenue toxique. Les morts du Rwanda empoisonnent le lac.

Ici, près du pont, otages du fleuve, ils tournent sur place. Un tourbillon perpétuel. Je n'arrive pas à distinguer les traits de leurs visages, blanchis. Après quelques jours, les humains morts, quelle que soit leur race, ont tous la peau blanche. Je ne comprends pas le mépris de ce reptile qui a l'air de ne leur porter aucune attention. Sa gueule ouverte, ses yeux mi-clos, ses écailles luisantes au soleil. Et les autres qui tournent devant lui, coincés dans un bras du fleuve, assassinés, noyés, délaissés, énorme quantité négligeable que le flot n'a pas la bonté de délivrer.

On parle d'un grand massacre, de cinq cent, voire huit cent mille victimes. Je me suis toujours méfié des chiffres trop ronds, de l'arithmétique de masse des victimes arrondie en file de zéros. « Les statistiques ne saignent pas », a dit l'écrivain Arthur Koestler. Devant moi, je compte trois corps, quinze de plus ici dans les herbes, plus ceux qui passent au fil de l'eau, c'est déjà pas mal. Huit cent mille… Je n'arrive pas y croire. Et j'ai tort.

S'ils sont si nombreux de l'autre côté, comment les voir et les dire tous ? Il me faut franchir ce fleuve. Passer de l'autre côté. Même si le vieux garde-frontière secoue la tête en baissant les yeux, signifiant qu'on ne revient pas de ce genre de voyage. Je lui emprunterais bien son fusil de chasse pour trouer la carapace du reptile préhistorique barbotant dans sa fange, crever ses yeux glauques posés sur ces humains embourbés.

Les corps tournent toujours dans l'eau sale, le pont reste clos, le monstre de pierre en garde la porte d'entrée. Pourquoi ne bouge-t-il pas ? Soudain, je comprends.

Gavé. Le crocodile est gavé de mort. Son estomac de charognard repu règne sur le marigot. Cette odeur de vase me soulève l'estomac.

Kibagabaga

Les volets sont fermés. Hermétiquement. Des volets en bois, peints en vert. L'école communale, posée au bas du village, se réduit à une unique classe, à moins d'une heure de la capitale Kigali où un deuxième avion militaire a fini par me déposer quelques jours plus tard, toujours sous le feu. Les combats font rage. Partout, les Tutsi du FPR avancent et l'armée hutu recule, mais le génocide ne faiblit pas. Dans ce village, une piste en terre pisseuse fait office de rue principale qui grimpe droit jusqu'en haut du morne, en séparant deux rangées de cases de bois régulières et propres. Où sont les villageois ?

Nous avons remonté la rue, fouillé les maisons, toqué en demandant « Il y a quelqu'un ? » Personne. Dans un jardin, une chèvre décapitée, dans la cour, un chien coupé en deux. Aucun humain. Désert.

Pourtant, tout est encore là, la rue principale ravinée par les pluies, les plantations, les fermes. Presque tout. Il n'y a pas un paysan en vue, pas un animal vivant, pas un chant d'oiseau. Seulement ce silence. L'air exhale une haleine de serpent mort.

Reste l'école.

Devant ses volets fermés, nous hésitons. Quelqu'un ramasse un chapelet de métal blanc dans la poussière. Les gens ont dû beaucoup prier, dit un rebelle tutsi qui nous a guidés jusqu'au village et indiqué son nom : Kibagabaga. Il dit aussi qu'il a fallu une semaine aux Interahamwe, les miliciens hutu, acteurs enthousiastes du génocide, pour prendre le bourg et rassembler tous ses habitants.

Bon, on ne peut pas rester là, bloqués indéfiniment devant ces volets clos, sans réponse. J'imagine la classe à l'intérieur, bâtie sur le modèle français, un tableau noir, une estrade, des pupitres alignés, peut-être une carte au mur. Une main accroche le volet fermé, tire, le bois craque. Les autres l'aident. La double-fenêtre cède et s'ouvre sur l'intérieur.

On recule, suffoqués.

Le tableau noir est là, les pupitres aussi, et la carte murale de l'Afrique, une Vidal-Lablache de notre enfance. Les encriers en céramique blanche surnagent au-dessus de la masse compacte des corps. Ils s'entassent sur un mètre de hauteur, fripés, coagulés, à moitié décomposés, occupant toute la surface de la classe, jusqu'aux murs. Des écoliers, leurs parents, leurs grands-parents, serrés les uns contre les autres, allongés ou recroquevillés, genoux fléchis, mains à plat sur la tête pour se protéger de la machette, dans la position où la mort les a trouvés. Un village entier.

Personne ne dit mot. J'entends un bruit de gorge à ma droite, un clapet de glotte qui se referme bruyamment. Mon voisin laisse retomber sa caméra à ses pieds. On a un mal fou à refermer le volet.

Le combattant tutsi nous guide à l'extérieur du village, vers une parcelle de terre retournée, une fosse commune. Il parle d'un millier de personnes, s'excuse de ne pas avoir pu les faire tous enterrer, avec les combats qui continuent, vous comprenez, les bras manquent.

On parcourt les routes du pays en essayant d'éviter les barrages des miliciens hutu, leurs machettes, leurs regards avinés, l'odeur de sang et de sueur aigre qu'ils dégagent et surtout, surtout, leurs bruyantes démonstrations d'amitié quand ils découvrent sur nos passeports d'où nous venons : « Vive la France ! Vive Mitterrand ! »

Partout, l'air a la même épaisseur. Au pays des mille collines, il y a des centaines, des milliers de Kibagabaga. De la frontière tanzanienne jusqu'à celle de l'Ouganda, ou en direction du Burundi. Deux cents kilomètres sur deux cents, la même odeur. Où que l'on soit. Tout le pays sent la mort.

Au début, on s'arrêtait au bord de la route pour se soulager dans les buissons. On ne le fait plus. Sûrs de se faire saisir par la pestilence, d'apercevoir un pied, une main, un crâne, d'être obligés de sortir nos carnets pour jouer les petits comptables de la mort. Je préfère ne plus quitter l'asphalte et pisser contre un pneu du véhicule. Quand on croise un confrère, un ami, sur la route, personne ne parle de chiffres ou d'estimations. Tu as vu, là ? Oui. Et là-bas ? Oui, aussi. Alors, c'est vrai ? Oui. Ceux qui viendront une fois le massacre terminé pourront compter, raisonner, analyser, disserter. Le génocide d'un peuple sous nos yeux ? Les poilus de 1914 avaient raison : nous sommes trop petits pour contenir tout cela.

Nous, on se pince le bras jusqu'au bleu. Tu as su ? Ces deux femmes africaines, deux voisines, deux sœurs, chacune portant son bébé enroulé dans un pagne sur le dos. Sauf que l'une pourchasse l'autre une machette aiguisée à la main, rattrape la femme devant elle et son bébé. Les découpe tous les deux.

Une terre entière qui pue la mort n'est plus sur terre. Ce n'est pas un cauchemar qui nous réveille brutalement, j'aurais tant aimé me réveiller. Le paradis est une illusion, une rassurante invention. Mais l'*enfer*. Je l'ai vu. Un endroit où la glaise a la consistance de la chair morte, où l'air empoisonne les poumons et le ciel pèse la fonte d'un couvercle de marmite. Le néant est là, pas sous nos pieds, mais devant nous, autour de nous, en nous. Dieu n'y a aucun droit. Face au diable, les âmes de Kibagabaga ont beaucoup prié. En vain. Dans la poussière de l'école, nous avons ramassé leurs chapelets en métal. Du toc. Qui a dit que la seule excuse de Dieu est qu'Il n'existe pas ?

Kigali

Il fait nuit noire à Kigali. Ma chambre d'hôtel au Méridien n'a plus de porte, de fenêtres, plus d'eau ni d'électricité. J'écris mon papier à envoyer dès l'aube. Dans les rues, sous mes fenêtres, la tuerie continue, les détonations des kalachnikovs et les explosions des roquettes antichars font vibrer les murs. Je tremble qu'une onde de choc fasse éclater l'écran de mon ordinateur et m'empêche de transmettre mon article.

J'écris vite, en fumant, affolé. Quand les explosions se rapprochent trop, je referme mon écran, ôte mon gilet pare-éclats, le pose sur mon ordinateur et me couche sur lui pour le protéger. Quand je le rallume, je vérifie que le nom du village et de ses habitants flotte toujours en caractères blancs sur mon écran numérique, comme autant de croix blanches d'un cimetière qui ne doit pas rester anonyme. Kibagabaga, j'écris son nom, j'écris leurs noms. Pour faire le contraire des autres, les démons qui voulaient les effacer, les annihiler. Écrire, c'est inscrire. Il faut graver. Même une pierre tombale.

Kibagabaga, le nom lui-même semble bégayer de peur, en découvrant que le maître des ténèbres peut prendre possession d'une terre, d'un village, d'un pays dont les cases vides étaient peuplées par nos frères humains. Nous ne sommes là que pour dire leurs noms.

Sur la route de Butare

Leurs mains. Noires, nerveuses, calleuses. Leurs mains sur moi. Elles me cherchent, m'agrippent, glissent sur ma peau, gluantes sur mes bras, mes jambes, mon ventre, mes fesses, mon sexe.

Tout autour, la forêt, une route déserte, le soleil aveuglant, l'asphalte qui fond, et eux qui me serrent, me piquent du bout de leurs machettes, leurs yeux injectés de sang qui en demandent encore plus. Je suis tombé dans un piège.

Je suis venu ici en cortège officiel, faire l'état des lieux d'un camp de réfugiés vers Butare, toujours aux mains des Hutu, en zone gouvernementale, une poche près de la frontière congolaise qui ne cesse de se rétrécir. De Kigali, l'avancée constante des rebelles tutsi défait les forces gouvernementales qui refluent en désordre. Les militaires hutu reculent, la population fuit, les assassins à la machette cachés parmi eux. Le camp improvisé des ex-tueurs devenus réfugiés submerge les collines d'un océan de plastique bleu. D'une tente à l'autre, j'ai interrogé, pris des notes, pris le temps. Trop de temps.

À mon retour vers l'entrée du camp, l'herbe était couchée, le terrain nu, le convoi officiel reparti. Et avec lui ma protection.

Disparus, les 4 × 4, les chauffeurs, les autorités et l'escorte des soldats. J'étais seul. Un cycliste s'est arrêté, m'a proposé le porte-bagages de son vélo pour dévaler jusqu'à la route principale. En bas, un groupe de miliciens interahamwe avait déjà réinstallé leur barrage. La force de l'habitude. Dans le fossé, dissimulés par les herbes hautes, des corps sanguinolents, les derniers Tutsi rattrapés. Le vélo m'a abandonné devant le barrage et il a fait demi-tour. Les miliciens m'ont vu, arrêté, encerclé. Ils trituraient leurs machettes tachées de sang séché, tourmentés par l'alcool et l'envie de tuer, le manque. Ils empestaient. Des semaines qu'ils ne faisaient que cela, « couper » les autres, les « cafards ».

La radio Mille Collines répétait : « Tue ! Tue ! » Eux se levaient à l'aube, aiguisaient leur machette et partaient faire leur travail quotidien, devenu un besoin. Les Interahamwe ne s'en prenaient pas aux Français, leurs « alliés », mais ils haïssaient les Belges, les anciens colonisateurs, protecteurs des Tutsi. Ils m'ont entouré, suspicieux. Ton passeport ? Donne de l'argent, beaucoup d'argent. Ils transpiraient, s'échauffaient, trituraient mes papiers. Tu mens. Tes papiers sont faux. Ils cherchaient un prétexte. Le cri d'un d'entre eux les a libérés : « C'est un Belge ! » Une main me pousse, un pied essaie de me faire tomber, le plat dur métallique d'une machette pousse dans mes reins.

Je connais bien la peur. Elle m'accompagne souvent en reportage. Il ne faut pas s'en défier. Elle a sa fonction mécanique pour nous tenir en alerte, nous prévenir du danger alors que notre cerveau ne l'a pas encore détecté. Elle bat en nous, comme un second cœur logé à l'intérieur du ventre, façon de nous sentir vivants. Il ne sert à rien d'avoir peur de mourir. Cette angoisse-là abîme notre vie d'avant, mais n'empêche pas la fin. La pire des frousses est de survivre, otage, ou blessé, invalide, coupé en deux, éternel dolent, Lazare ligoté dans ses bandelettes. Rien à voir avec la mort. « Et après ? » Après, les morts n'ont plus peur.

La peur animale assure cette fonction archaïque qui nous vient tout droit de la préhistoire, quand l'homme des cavernes se réveille, inquiet, narines dilatées, dans la nuit noire sans feu, en reniflant l'air alentour à la recherche de l'odeur du prédateur. Ne pas confondre avec l'angoisse qui est la peur de ce qui n'est pas encore arrivé. Une peur de luxe. Inutile et corrosive. Délivrez-moi de l'angoisse, mais laissez-moi ma peur.

Il faut savoir en accueillir un certain degré, en instrument de mesure, l'utiliser comme un thermomètre pendant un épisode de fièvre. Quand le danger sera passé, la fièvre de la peur nous quittera. Et le poids sur notre poitrine s'envolera comme l'avion qui nous ramène à la maison. La fièvre chutera. De malades, nous retrouverons notre état de convalescent permanent. Cette bonne vieille peur veille sur moi, me borde, me chuchote que je ne suis pas invulnérable et m'empêche de rester inerte, les bras ballants. La peur est ma meilleure amie. À condition de ne pas lui permettre de s'emballer, jusqu'à la panique, celle qui vous paralyse. Si on la subit, la peur, comme la haine, fatigue. Jusqu'au jour où on est fatigué d'avoir peur.

Le courage n'est qu'une question d'habitude, rien de plus, la lâcheté une saleté qui vous encrasse à vie, l'héroïsme une pantalonnade de circonstance, mais la peur, bien gérée, se révèle une compagne fidèle, un bon outil pour survivre.

Là, face aux machettes des miliciens, la peur ou le courage ne me servent à rien. Inutiles face aux autres qui me collent de plus en plus, poisseux de leurs doigts, métalliques de leurs lames. La suite ne devrait pas tarder. Au premier coup, au premier sang, ils feront mécaniquement ce qu'ils font depuis si longtemps. Peaux noires, peaux blanches, le sang noie les différences. Finir là, dans un coin de brousse d'Afrique, sur un morceau d'asphalte mou, ne me paraît pas incongru. Je ne serais ni le premier ni le dernier. Mais les machettes. Être découpé comme un quartier de boucherie, jeté avec les autres, dans le fossé. Je ne veux pas. Reste droit, ne tombe pas, pivote, danse, échappe-toi, comme sur un ring. Je tournais sur moi-même, cherchant l'esquive, l'issue. Eux m'enveloppaient. Et je ne voyais plus la lumière.

Je fixais leurs yeux injectés de mon sang. Un œil unique. Celui des moutons écorchés aux crocs du boucher d'Hussein Dey. Celui d'un tableau, *Nature morte à la tête de mouton*, peint par Goya quand il s'écrie : « *Yo lo vi !* », « Je l'ai vu ! » La *chose* qui semblait m'avoir donné rendez-vous voilà longtemps et me regardait de son œil fixe.

Au loin sur la route, j'ai entendu un bruit de moteur. Les autres ont hésité, j'ai levé la tête et aperçu une voiture bleue, carcasse poussive, qui ahanait sur la côte en crachant un gaz noir. À l'intérieur, trois militaires hutu en uniforme débraillé, des officiers de l'armée gouvernementale qui battait en retraite. Le cercle s'est entrouvert, la voiture a calé à hauteur du barrage, les militaires ont vu mon regard et celui des autres, ils ont compris, et le gradé au volant a accepté d'un signe de tête.

La portière de mon côté était bloquée. Je me suis glissé par la fenêtre, le buste en avant, pour atterrir le nez sur le plancher, sous le volant. Les mains, frustrées, voulaient me retenir. Le moteur a toussé. Les mains gluantes pinçaient mes jambes à l'extérieur, mes fesses, mes cuisses. Des méduses. Lentement, la voiture est repartie. Les mains m'ont suivi, leurs pieds tambourinaient sur la route. Dans la descente, je sentais encore le souffle des autres, furieux de voir leur proie leur échapper. Les mains, accrochées à la portière, m'ont suivi longtemps.

Elles ne m'ont jamais quitté.

Banlieue de Kigali

Deux vieilles femmes. Elles passent, lentement, au pas, debout et droites, leur pipe de terre à la bouche, juste de l'autre côté de la route. Et nous, à quelques mètres d'elles, tapis dans un fossé, la tête baissée. Nous sommes tombés dans une embuscade. En revenant du camp de réfugiés, le convoi de l'ONU s'est fait prendre sous le tir nourri d'une mitrailleuse lourde installée sur la colline, à l'entrée de Kigali. Dans ces cas-là, il faut faire le contraire de ce que l'embusqué cherche, c'est-à-dire vous arrêter, pour mieux vous massacrer.

Il aurait fallu accélérer, slalomer, passer en force, mais le chauffeur de l'ONU a pris peur pour le ministre français à bord, il s'est arrêté, nous voilà coincés. Les petits obus font éclater l'asphalte autour de nous, coupent en deux le tronc d'un arbre, encadrent le fossé. Impossible de bouger. Dans la tranchée, on se serre. Deux soldats, un officier tunisien, Bernard Kouchner, moi, le fossé déborde.

La délégation revenait d'une discussion avec le gouvernement hutu pour négocier l'évacuation d'une centaine d'orphelins tutsi. Sur la colline, le mitrailleur, tutsi lui aussi, ne le sait pas. Il est là pour empêcher les infiltrations dans la capitale. Point.

L'œil dans son viseur, il tire, au coup par coup, des projectiles qui déforment la tôle de notre blindé d'escorte pourtant muni d'une mitrailleuse de gros calibre. Il faudrait retourner le feu. Faire taire le tireur sur sa colline. Mais l'officier onusien hésite, essaie de négocier une trêve à la radio, alors on baisse la tête, dans ce fossé trop petit pour nous. L'autre, là-bas, ajuste son tir. Un soldat a déjà été blessé d'un éclat dans l'œil. Quarante-cinq minutes que nous sommes bloqués.

Quand les tirs se sont espacés, un blindé s'est interposé en écran et nous avons rejoint la base à Kigali. Pauvre armée de l'ONU. Ils sont quatre cents à peine, Tunisiens, Ghanéens, Sénégalais, Polonais, Maliens, dotés de quelques véhicules dont la moitié en panne. Au QG, je trouve un homme en proie au désespoir, Roméo Dallaire, leur chef, général canadien qui ne cesse de demander des renforts. Mais le « monde libre » fait la sourde oreille.

Au plus fort des massacres, la communauté internationale vient de prendre deux décisions fortes : évacuer les étrangers et réduire le nombre de ses casques bleus ! Les Américains, très fermes, ont proposé d'entourer le pays… d'un cordon sanitaire. Et d'attendre. Pendant toute la crise, le président Clinton n'aura jamais tenu une seule réunion de cabinet sur le génocide en cours. Chaque jour, les patrouilles de l'ONU se font mitrailler sur la route. Et Roméo Dallaire reste là, seul, avec quatre cents hommes, pour stopper un génocide. J'ai en face de moi un homme dévasté, cheveux et moustache blanchis, l'œil bleu, les traits creusés, qui passe ses journées de soldat à courir les charniers en essayant en vain de négocier un répit avec les chefs des tueurs à machette.

Le génocide au Rwanda a déterré une question qu'on croyait inhumée pour de bon dans la fosse commune de l'histoire. Après l'Holocauste, il ne pouvait plus rien arriver de tel, n'est-ce pas ? Des guerres, oui, des massacres, hélas, mais pas *ça*. Plus ce retour à la barbarie planifiée visant l'extermination d'une population entière. Ressurgi au cœur de l'Afrique, plutôt que dans une taverne de Bavière, il nous repose les éternelles mêmes questions. Comment des hommes peuvent-ils faire cela à d'autres hommes ? Me revient le cri d'un Argentin torturé face à son tortionnaire : « Non, arrête, tu ne peux pas faire *ça*. »

Pour eux comme pour nous, avant l'horreur, il y a d'abord l'incrédulité. Pourquoi ? Une question sans réponse si on part du principe que le sauvage est forcément bon. Que la guerre constitue un accident de l'humanité et le mal une anomalie. Même après avoir abandonné ces chimères reste la question du massacre de masse. Déjà, on ne tue pas un homme facilement. Encore moins une femme ou un enfant. Alors, exterminer face à face systématiquement des milliers, des centaines de milliers d'entre eux se révèle une tâche surhumaine. La haine toute simple n'y suffit pas.

Même les Einsatzgruppen, les commandos de la mort SS ont fini par demander qu'on arrête de les obliger à fusiller du matin au soir à bout portant. Bien qu'imbibés de schnaps et de vodka, souvent ivres morts, beaucoup avaient fini par sombrer dans le sadisme, la dépression ou la démence. La tâche était trop dure, même pour des hommes de fer.

Pour y parvenir, les génocidaires doivent suivre un long processus, une méthode exacte qui, si elle est correctement appliquée, va transformer une jeunesse, une ethnie, tout un peuple, en une meute assoiffée de sang.

D'abord trouver une raison simple à son malheur que ce soit l'argent des juifs, les communistes, les profiteurs, les comploteurs, tous ceux qui nous empêchent de vivre et nous refusent notre « espace vital ». Qui est responsable ? L'Autre, bien sûr.

Ne reste qu'à l'identifier, juif ou tutsi. Puis à le diaboliser.

Dans chaque guerre, de part et d'autre du front, les combattants se racontent de quelles atrocités diaboliques sont capables ceux d'en face. Comme ce général de l'armée régulière serbe en Bosnie, apparemment maître de sa raison, qui m'expliquait sans ciller que – « vous ne le saviez pas ? » – les Croates d'en face, nouveaux Oustachi, se cuisinaient des soupes avec des yeux d'enfants serbes.

Coupable de telles horreurs, l'homme n'est plus un homme, mais un démon, l'œuvre du diable, l'Antéchrist. À Berlin ou à Kigali, l'autre n'est plus le gentil voisin d'en face, mais bien un étranger très étrange, un être démoniaque, pas un homme, mais un animal au nez crochu, un reptile, une infecte blatte, tout ce qui nous répugne et nous menace.

Comme le résumait Hans Frank, l'avocat de Hitler, dans un discours à la tribune face à des dirigeants nazis, en évoquant les juifs « ces espèces de carnassiers aux nez crochus, ces damnées racailles de bâtards, ces messagers de l'anéantissement... Il faut les faire disparaître ! ». Quarante ans plus tard et à six mille kilomètres de Nuremberg, dans ce Rwanda timbre-poste de l'Afrique, les leaders hutu ont martelé que les Tutsi étaient des « cafards » nuisibles et qu'il fallait, là aussi, les « faire disparaître ». À l'heure de la mise à mort, les tueurs insultent leurs victimes, les rabaissent, les humilient, se moquent d'elles, pour continuer à leur dénier toute condition humaine. Personne ne se sent coupable d'écraser un cafard. Et s'ils sont trop nombreux, n'est-il pas logique d'utiliser du gaz insecticide ? « Tu n'es rien », répète le bourreau. « Si tu n'es rien, je ne tue rien. » Ce n'est plus un crime, pas un péché, même pas une guerre, seulement un acte d'hygiène libératoire.

Une fois la victime déshumanisée et la morale classique effondrée – « Tu ne tueras point » –, on peut ensuite la transcender par une morale supérieure contre les « ennemis de Dieu », celle du grand Reich millénaire ou du destin du peuple hutu. Pourquoi le faire en urgence ? Mais parce qu'il y a urgence ! La preuve. Regardez ! Ils se préparent à nous exterminer.

Otto Ohlendorf, père de cinq enfants, homme honnête et cultivé, a dirigé les Einsatzgruppen D et fait fusiller quatre-vingt-dix mille juifs, hommes, femmes, vieillards, enfants, dans le sud de l'Ukraine. Pourquoi ?

– Légitime défense. Les bolcheviks étaient sur le point de nous attaquer.

– Pourquoi les juifs ?

– Parce qu'ils étaient favorables aux bolcheviks.

– Et les enfants ?

– Parce qu'ils allaient grandir.

La logique se décline selon les besoins. « Faites vite ! Ces cafards tutsi veulent tous nous exterminer ! » n'a cessé de scander la radio Mille Collines à Kigali tout au long du génocide.

Pourquoi, pourquoi ? Fais chier avec tes pourquoi ! Au bout du compte, il n'y a qu'une alternative fondamentale, immédiate, sans appel :

– C'est eux ou nous.

Bien sûr, tout cela apparaît inhumain. « La tâche est lourde », se plaignait Himmler. Le réconfortant dans l'affaire est qu'on ne le fera qu'une seule fois. Et nous aurons ainsi libéré les générations à venir de ce terrible fardeau. L'histoire ne fera pas que nous absoudre, elle nous remerciera.

Quand tout un parti, un gouvernement, un système répète sans cesse la même chose, la morale supérieure de l'État, celle du Reich éternel ou de l'Angkar des Khmers rouges, prend le pas sur la morale universelle. Celui qui tue n'est plus un hors-la-loi, un asocial, un déviant, mais, au contraire, l'homme neuf, lucide et courageux, un citoyen modèle qui obéit à la nouvelle loi commune et reconnue comme l'archétype philosophique et social de la morale nouvelle. Le tueur de juifs ou de Tutsi devient l'icône d'un nouveau monde à venir. Et les meilleurs d'entre eux sont ceux qui tuent beaucoup, plus que les autres mais sans plaisir, par dévouement à la cause, mais sans sadisme. Et surtout sans gémir.

La *banalité du mal* laisse alors place à la *normalité du mal.*

Le but à atteindre étant lumineux ne reste plus qu'à trouver la méthode.

Auschwitz, Oradour-sur-Glane, Lidice en Tchéquie, la banlieue de Phnom Penh, Sabra et Chatila ou Kibagabaga, dans les massacres de masse et les génocides l'obsession des tueurs est la logistique. Les morts sont encombrants.

Même les commandos chargés de fusiller systématiquement les juifs et les communistes en Russie évitaient de repasser à proximité des fosses communes qui contenaient parfois des milliers d'hommes, de femmes et d'enfants, allongés tête-bêche, en rangées régulières, selon la « technique de la sardine » pour gagner de la place. L'odeur, bien sûr, était épouvantable. Surtout, la terre bouillonnait, laissant échapper des jets de gaz affreux. Ici ou là, une main ou un pied dépassait. Et le moindre trou ou accident de terrain se remplissait d'une mare de sang des blessés enterrés vivants.

Je revois le Cambodge, Phnom Penh, et ce bout de forêt en banlieue surnommé les « Champs de la mort » où les Khmers rouges conduisaient leurs victimes par camions entiers pour les exécuter à coups de gourdin, afin d'économiser les cartouches. Aujourd'hui, de grandes cages métalliques en hauteur exposent des montagnes de crânes témoins de l'extermination.

J'ai fait l'erreur de m'avancer dans l'herbe.

Le sol craquait sous mes pieds. En baissant les yeux, j'ai remarqué des échardes blanches qui sortaient de terre. Elles se dressaient à un ou deux centimètres au-dessus du sol. Des esquilles blanches. Des éclats d'os humains que le travail souterrain de la terre repoussait vers la surface. Comme si la terre mère refusait l'œuvre des hommes. Des centaines de doigts fantômes qui essayaient de vous agripper pour vous dire leur douleur, leur histoire.

Les morts ne vous laissent jamais tranquilles.

J'ai retrouvé, quinze ans plus tard, mon général des Nations unies à Kigali de retour dans son Québec natal. Entretemps, il avait écrit un énorme livre, *J'ai serré la main du diable*, s'était fait emporter par le remords jusqu'à la limite de la folie et avait tenté de se suicider en se jetant une nuit dans les glaces du Saint-Laurent. On l'avait retrouvé au matin, lui, l'héroïque général-chef des forces de l'ONU au Rwanda, à demi-nu, ivre mort, face au fleuve, sur le banc public qu'il n'avait pas réussi à quitter. Le général Roméo Dallaire mettra des années à se remettre, il s'en sortira, deviendra un sénateur respecté et consacrera le reste de sa vie à la réhabilitation des soldats brisés par la guerre.

Rwanda.

La nuit, j'y retourne encore parfois, malgré moi, pour affronter le regard glauque d'un reptile dans son marigot, des mains noires et gluantes sur moi et des volets d'école fermée. La nuit, j'ai hâte de me réveiller. Parce que le jour venu, la seule image qui me revient et que j'aime est celle d'un homme aux cheveux et à la moustache de neige, un général au drôle d'accent québécois, à l'œil très bleu, tellement lumineux, qui a su rester debout quand le monde autour de lui s'agenouillait.

Un phare.

Le prix d'un enfant

Bangkok, 1993

1986. La navette spatiale *Challenger* se désintègre à quatorze kilomètres d'altitude, Tchernobyl explose, Coluche lance les Restos du cœur avant de se tuer à moto, Margaret Thatcher et François Mitterrand annoncent la construction d'un tunnel sous la Manche. À Paris, Vanessa Springora, fille de bonne famille, rencontre Gabriel Matzneff dans un dîner d'édition. L'écrivain à succès termine son prochain livre, *Mes amours décomposés*, un succès en librairie.

Elle a quatorze ans, lui cinquante. Bientôt, il l'attend à la sortie du collège.

2020. La gamine, devenue femme et éditrice, publie son propre livre : *Le Consentement.*

Je ne connais pas Vanessa Springora, enfant victime de Gabriel Matzneff. Son livre a fait ressurgir un passé oublié et fait sauter le couvercle d'une énorme hypocrisie collective. En réincarnant un fantôme que je ne connaissais que trop bien. Moi, je me suis retrouvé projeté, plus de trente ans auparavant, un mois de mai en Thaïlande, à deux cents kilomètres de la fournaise de Bangkok, dans un bouge qui donnait sur la plage de Pattaya.

Ce soir-là, j'observais un homme. Il avait l'air bien fatigué. Pâle, presque gris sous ses cheveux coupés en brosse, en short et tricot de peau, les pieds jetés dans des sandales, les épaules affaissées et la cinquantaine usée d'un chef de chantier européen en vacances dans ce pays trop chaud. D'ailleurs, il transpirait sur son tabouret, embué devant sa bière.

Chez lui, il devait être strict, dur pour ses hommes et rigoureux sur les principes. Ici, c'était un habitué. Les yeux mi-clos, la tête rejetée en arrière, il grimaçait de plaisir pendant qu'un adolescent lui massait les tempes. La soirée venait à peine de débuter. Dehors, il faisait encore clair et les derniers baigneurs s'attardaient sur le sable. À l'intérieur, les ventilateurs brassaient la pesanteur du jour. Une boule de cheveux noirs, un gosse de huit ou neuf ans, jouait entre les tables. Il y avait un grand ring de boxe thaïlandaise au milieu de la salle, une table de billard au fond et vingt-trois minibars répartis. Le Sirene Bar attendait la nuit et les clients.

Quand les premiers néons se sont allumés, l'Européen fatigué s'est arraché à la caresse de l'adolescent et a marché vers la sortie. Dehors, il ne s'est pas retourné, a longé tranquillement le kiosque de police et s'est dirigé vers la terrasse de l'hôtel Bamboo. À trois mètres derrière lui, la boule de cheveux noirs du gamin était là, sur ses talons. L'homme a grimpé un escalier menant aux Bamboo Apartments. Et l'enfant l'a suivi en sautillant.

Une demi-heure plus tard, le gamin a redescendu l'escalier, s'est arrêté un instant devant une vidéo d'*Indiana Jones* en vitrine, s'est frotté les yeux et est reparti en direction du Sirene Bar.

L'Européen est réapparu, en nage, chemise ouverte sur le ventre et l'air plus fatigué que jamais. Il a marché vers une boutique en plein air, a acheté un coca, s'est arrêté devant la Thaï Farmers Bank et a posé son doigt sur le cours affiché du dollar avant de regagner son hôtel.

Personne n'a prêté attention à la scène, banale. Au Sirene Bar, l'enfant prostitué a repris sa place entre les tables des clients. Il était dix-neuf heures à peine. La nuit de Pattaya commençait.

Je n'avais pas fait le voyage vers l'Asie avec l'intention d'assister à ce spectacle. Mes premiers reportages en Thaïlande concernaient les réfugiés à la frontière cambodgienne fuyant la terreur des Khmers rouges. Plus tard, je suis revenu enquêter sur la drogue, en traversant à pied la frontière du nord et remonter les files de mulets chargés de tonnes d'héroïne blanche et rose, fabriquée dans les laboratoires de la jungle birmane. Guerre, réfugiés, drogue, le tableau était moche, mais classique.

Et puis j'ai découvert l'autre Thaïlande.

Le jour, Pattaya offre une plage de carte postale, la nuit, la ville n'est qu'un bordel à ciel ouvert. L'ancienne escale des GI américains de retour du Vietnam a transformé les cabanes de bois de pêcheurs en ville montée sur talons aiguilles. Au « pays du sourire », on sait recevoir. Les trois quarts des vacanciers sont des « personnes non accompagnées », en clair, pour sept touristes sur dix, des mâles qui viennent chercher une femme, un homme ou un enfant. Tout est d'une facilité dérisoire.

Dès l'ouverture du Sirene Bar arrive d'abord la clientèle classique, des hommes de tous âges, truffe brûlée par le soleil, en chemise hawaïenne, parfois flanqués d'une prostituée accrochée à leur bras tatoué. Au milieu de la grande salle, sur le ring, face aux fêtards, des boxeurs déchus se saoulent de coups, jusqu'au KO, comme s'ils jouaient leur vie. Au fond, il y a le billard et les enfants.

Les clients, de trente à soixante-dix ans, sont ouvriers, ingénieurs, banquiers ou enseignants. Ils passent ici une fois par an ou, plus assidus, font la navette entre leur pays d'origine, les Philippines et la Thaïlande.

Lopf, le serveur, les connaît tous. Il y a l'« élégant », hollandais, blond, mince et très grand, veston et lunettes cerclées, une allure de haut fonctionnaire diplomate. Et le « baba cool » californien attardé, la cinquantaine barbue, cheveux longs et pantalon bouffant. Et le « séducteur » italien, crinière argentée, croix et chaîne en or. Et l'« arabe », fils de prince saoudien débarrassé pour l'occasion de son keffieh de musulman puritain. Et le « taureau » flamand, nuque carrée, regard sans vie, qui serre trop fort l'épaule d'un môme. Parfois, un policier fait une rapide apparition, histoire d'annoncer la visite imminente de ses collègues, et Lopf fait disparaître les bouteilles d'alcool du comptoir. Ici, on est très strict sur les licences. Le barman dit que le respectable vieillard britannique, celui avec, sur les genoux, un gosse de treize ans qui lui masse son crâne chauve, vient ici chaque soir depuis deux mois. Lopf dit aussi que les gosses entre eux désignent leurs clients avec un mot bizarre.

Ils les appellent les « crocodiles ».

J'ai passé toute la nuit attablé au Sirene Bar. Au petit matin, j'ai revu les « crocodiles » repus, venir prendre leur café en tenant par la main leur gosse de la nuit. De temps à autre, une mobylette s'arrêtait à l'entrée, libérait un enfant assis à l'arrière et son conducteur en maillot de bain prenait la direction de la plage pour la journée.

En quittant le Sirene Bar qui suintait la sueur et la bière tiède, j'avais besoin d'une douche froide. Le constat était évident, mais l'enquête s'annonçait plus compliquée : l'origine des enfants, leur recrutement, les trafiquants, tout était opaque. À chaque voyage en Thaïlande, entre deux reportages sur les camps et la drogue, je traînais dans les rues du quartier chaud de Patpong ou de Suriwongse, les hôtels miteux et les palaces de Bangkok. J'avançais de mon mieux.

À Bangkok, voilà des mois que Marie-France Botte enquêtait sur la prostitution des enfants en Thaïlande.

Travailleuse sociale chargée au départ, par l'association Terre des Hommes, d'un rapport sur les mineurs dans les camps de réfugiés, Marie-France s'était aperçue que des enfants disparaissaient, enlevés ou achetés par les militaires thaïs censés les protéger. Depuis, elle s'était rendue dans les villages de montagne des tribus victimes, avait loué une chambre dans des hôtels-bordels, demandé un gosse, sans jamais essuyer un refus. Et ne s'était jamais remise de se retrouver face à un gamin de dix ans qui sort de la douche, nu, sa serviette à la main.

Marie-France s'était transformée en boule de colère. Belge et blonde, des yeux très bleus, des cheveux en épis, un nez pointu et un caractère de chien de chasse qui lui vaudra bien des ennuis, elle était capable de se jeter sur un client pédophile en hurlant que le gosse qu'il tenait par la main était le sien, de bousculer des policiers thaïs, voire d'affronter des proxénètes de Patpong. Une pasionaria, obsédée par une idée fixe : sortir les enfants des bordels.

Avec l'aide d'amis thaïlandais courageux, elle avait exploré les villages reculés du nord de la Thaïlande où passaient de gentilles dames qui promettaient aux paysans miséreux d'assurer une éducation à leur si gentille petite fille, la plus jolie. Dans les foyers des ONG, l'équipe avait retrouvé les rescapés, gamins battus à coups de bâton, brûlés à la cigarette, torturés parce qu'ils avaient mal « travaillé » ou tenté de s'enfuir. Des gosses parfois mourants, au stade terminal du SIDA ou devenus psychotiques, marchandise jetable dont les proxénètes se débarrassaient quand ils étaient hors d'usage.

Forcément, Marie-France la rebelle dérangeait. Dans son appartement, elle avait découvert son chat égorgé et les murs couverts d'images de cœurs poignardés, de revolvers et d'inscriptions « À mort ! » Un soir, en sortant de chez elle, deux hommes l'avaient empoignée, jetée contre une grille, frappée à coups de pied et de poing avant de lui brûler méthodiquement le front et les seins à la cigarette. Des professionnels, a confirmé le gardien de l'hôtel d'en face qui l'a secourue en prévenant que c'était un avertissement.

Marie-France a fini par regagner la Belgique et nous avons tenu notre promesse faite un soir dans le village d'une tribu Méo : écrire un livre. J'ai choisi de lui faire raconter son histoire en la nourrissant de ce que j'avais appris lors de mes enquêtes. Le livre, *Le Prix d'un enfant*, est sorti en octobre 1993. Il a connu un certain succès, a été traduit en plusieurs langues. Et les vrais ennuis ont commencé.

La Belgique vibrait au rythme de l'affaire Dutroux et des « marches blanches ». Dans les rues de Bruxelles, Marie-France se faisait arrêter par la foule qui la félicitait, l'embrassait, la touchait. Moi, j'avais choisi de m'effacer, refusant interviews et débats. J'avais deux filles jumelles de cinq ans à peine et, de ces années de plongée en eau sale passées à visionner des photos et des vidéos, accumulant les témoignages et les entretiens avec les « crocodiles », j'avais et je garde au fond de moi cette nausée qui ne m'a jamais quitté lorsque, comme je le fais maintenant, j'écris sur le sujet. Entre la guerre du Golfe, la révolution en Roumanie, l'atroce guerre civile en Algérie et Sarajevo martyrisée, je commençais à toucher mes limites. Dans les ruelles de Patpong, je m'étais senti sale. J'avais un besoin urgent de tourner cette page.

Marie-France, elle, fonçait et je m'inquiétais. Attention, Marie, ils te prennent pour Jeanne d'Arc, et tu sais comment elle a terminé. Aujourd'hui sainte, demain sorcière.

Mon pressentiment ne m'a pas trompé. Marie-France attaquait les pédophiles de plein fouet, tous les pédophiles, en Belgique ou ailleurs, leurs publications, comme *Spartacus*, et leurs réseaux d'Asie et d'Europe. Elle les pointait du doigt, les accusait, les nommait, dénonçait. Parfois se trompait. Radicale, parfois brutale. Et son caractère lui valait autant d'ennemis que d'amis. La riposte ne s'est pas fait attendre. On a commencé à l'accuser de malversations financières, les magazines belges, pressés de brûler ce qu'ils avaient adoré, ont publié en couverture la photo d'une furie en colère, visage grimaçant. Ange ou démon ? Qu'importe si bien plus tard, selon le temps interminable de la justice des tribunaux, elle a été lavée de ces accusations mensongères, l'opinion s'était retournée. Marie-France restait seule et salie. Brisée.

Une nuit de désespoir, elle s'est enfermée dans sa chambre, a avalé un litre de Destop, un débouchant pour W.-C., et elle a attendu la mort en vomissant du sang. La délivrance n'est pas venue, mais, au petit matin, les murs étaient rouges et elle agonisait, la gorge, l'œsophage et l'estomac détruits par l'horreur chimique avalée. Les chirurgiens de Bruxelles, qui n'ont pas osé l'opérer, ont déclaré qu'elle ne pourrait plus jamais parler. Et c'est un ami praticien de Toulouse, chirurgien aux mains d'or, appelé à l'aide par ses confrères belges, qui lui a permis de retrouver la parole et un peu de vie.

Marie-France a mis des années à s'en remettre. Elle a élevé sa fille adoptive, une gamine cambodgienne, et retrouvé un métier différent, en essayant, sinon d'oublier, au moins de se préserver. L'alliance tacite, mais efficace des proxénètes de Bangkok et d'une partie de l'intelligentsia européenne avait su lui faire payer « le prix d'un enfant », le prix d'un livre, le prix fort. On avait brûlé la sorcière de l'intérieur. Les crocodiles avaient gagné, ils pouvaient continuer à réserver leurs billets d'avion pour Pattaya.

Le plus grand tabou n'est pas seulement de ne pas pouvoir dire, il est surtout de ne pas vouloir entendre. Le 30 avril 1992, dix-huit mois avant la sortie du livre, *Le Nouvel Observateur* avait publié mon enquête en Thaïlande sous forme d'un dossier de huit pages titré « Le viol des innocents ». L'essentiel y était, à plat, cru, dur. Huit pages dérangeantes sur le sujet dans un magazine en vue, bien des rédacteurs en chef de l'époque auraient hésité. Pas Laurent, notre nouveau directeur de la rédaction, intellectuel solide à l'amitié et aux convictions en béton armé. Le dossier titré allait soulever des vagues sournoises, il le savait, mais n'a pas reculé.

Les réactions ne se sont pas fait attendre. Discrètes d'abord, et au sein même de la rédaction, quelques pincements de lèvres, un brin de mépris – « glauque ton histoire, non ? » – jusqu'à la plume du service société qui vous concède que la chose est certes dommageable, mais ne justifie pas de jouer les Torquemada privés de la lumière des écrits soixante-huitards. Bref, en un mot, je n'étais qu'un cul-serré, puritain réactionnaire, porteur sain du virus d'une droite extrême.

Pourtant, j'avais vécu mai 1968 en faisant le coup de poing contre les « fachos » entre deux AG en amphithéâtre. Ordre bourgeois, information et éducation corsetées, sexualité étouffée, amour libre, libérons les corps et les esprits... vite, un nouveau monde et sus aux faiseurs de soupe ! Dans la profusion des idées lancées, nous avons dit pas mal de bêtises et les intellectuels signaient des pétitions à tour de bras, parfois en les lisant à peine, l'important étant que l'hérésie mette à bas la religion établie. Tout était permis et bienvenu. Soit.

Reste qu'un quart de siècle plus tard la confusion n'était plus permise.

La réaction la plus brutale au livre, à laquelle je ne m'attendais pas, a été… un silence assourdissant, expression générale du malaise. Le massacre d'un village en Algérie, la découverte d'un charnier en Bosnie, l'assassinat d'un militant de gauche au Chili, voilà de quoi se révolter, signer une pétition, interpeller le gouvernement. Mais pas – comment disait-on ? – ces affaires de « ballets bleus » ou « roses » selon le genre, qui relevaient des dossiers peu ragoûtants de la police des mœurs. Pas digne d'un grand journal intellectuel. Et surtout pas d'un débat public.

D'ailleurs, deux ans à peine auparavant, dans l'émission « Apostrophes » de Bernard Pivot, qui dira le regretter, les écrivains invités écoutaient sans broncher Gabriel Matzneff disserter sur son dernier ouvrage *Mes amours décomposés*, chronique précise de ses relations avec des « fillettes ». L'épisode est connu. Ce soir-là, présenté comme un « véritable professeur d'éducation sexuelle », il raconte, s'étale, détaille.

Autour de la table, les autres, en cravate ou tailleur, pouffent et battent des mains, en s'étonnant de tant de vitalité chez un quinquagénaire. Jusqu'à ce qu'une voix discordante rompe le charme, celle de Denise Bombardier, romancière et essayiste à l'accent québécois. Elle aussi est radicale et brutale. Et s'insurge. De quoi parle-t-on ? Sinon de viols d'enfants mineurs. Dans son pays, l'affaire relèverait moins d'une émission littéraire que d'un tribunal. Soudain, sur le plateau, on ne rit plus. Et Matzneff dénonce l'outrage fait à sa personne.

À l'époque, le milieu littéraire grince. Trois semaines plus tard, dans *Le Monde* du 30 mars 1990, Josyane Savigneau, directrice de la rubrique littéraire, réplique en encensant l'écrivain qui ne « vole personne ». La romancière québécoise est raillée : « Denise Bombardier a eu la sottise d'appeler quasiment à l'arrestation de Matzneff, au nom des "jeunes filles flétries" par lui... Découvrir en 1990 que des jeunes filles de quinze et seize ans font l'amour à des hommes de trente ans de plus qu'elles, la belle affaire ! »

« Quinze et seize ans ? » Matzneff a effectivement eu la prudence de ne rapporter, sur le sol français, que ses relations avec des jeunes filles, jamais de garçons, qui respectent l'âge légal de quinze ans et un jour. À l'étranger, l'affaire est bien différente.

L'absence de réaction au dossier publié deux ans plus tard dans *Le Nouvel Observateur*, pourtant influent, démontrait que Paris ne voulait ni voir ni savoir. Comment établir le lien entre la brutalité des « crocodiles » et la littérature d'un écrivain à succès qu'on continuera à couvrir d'hommages et de prix, jusqu'en 2013, quand il obtiendra le prestigieux prix Renaudot ?

J'ai toujours eu horreur des chasses aux sorcières, je sais les dangers d'une inquisition moyenâgeuse, du maccarthysme moderne et des appels à la haine des nouveaux inquisiteurs. Les militants du woke, réincarnation des gardes rouges de la Révolution culturelle chinoise, adorent eux aussi le goudron et les plumes. La dénonciation, quand elle est nourrie par la haine, peut broyer et tuer. Cette fois, pourtant, il ne s'agissait pas de condamner un délit de la pensée, mais un crime contre l'enfance, couvert par une immense hypocrisie collective.

J'en déduisais naïvement qu'il suffisait de citer, sur quatre pages de mon livre, quelques extraits d'un livre de Matzneff, dans le texte, sans en modifier une virgule, et tel qu'il le revendiquait, non pas un roman, une fiction, mais le journal fidèle de ses « aventures » loin de l'Europe.

En concluant :

> Matzneff est un personnage public. Lui permettre d'exprimer au grand jour ses viols d'enfants sans prendre les mesures nécessaires pour que cela cesse, c'est donner à la pédophilie une tribune, c'est permettre à des adultes malades de violenter des enfants au nom de la littérature. À quoi bon lutter contre le trafic d'enfants, les revues qui utilisent des petits de six, sept, huit ans pour faire de photos ? La fillette dont abuse l'écrivain est semblable aux enfants rencontrés cent fois à Bangkok.
>
> En France, un adulte aurait peut-être témoigné, un procès aurait peut-être eu lieu. En Asie, l'enfant prostitué n'est qu'un objet consommé. Il ne compte pas. En publiant son récit, Matzneff piétine les droits des enfants asiatiques, mais aussi ceux de tous les enfants. Son journal intime a été publié en 1990… l'année où la France a ratifié la Convention des droits de l'enfant. Double discours.
>
> Ce sont des récits comme celui de Matzneff qui alimentent les phantasmes d'hommes en recherche d'enfants.

> Ce sont ses théories qui permettent à Alain l'architecte [pédophile rencontré à Bangkok et lecteur assidu de Matzneff] d'alimenter sa pathologie et de croire qu'il aime les enfants qu'il laisse au matin dans une chambre d'hôtel de Bangkok, de Saigon ou d'ailleurs. Chacun, à un bout de la chaîne, ceux qui achètent des enfants, les séquestrent, les obligent à se prostituer ; et les autres, ceux qui, comme Matzneff et ses frères, les trompent : tous participent à la même besogne. Quelle différence y a-t-il entre le tenancier chinois du Suriwongsé et Gabriel Matzneff ? Dans les faits : aucune. Tous deux ont négocié la vie d'une fillette, l'un pour du fric, l'autre pour coucher avec elle.
>
> *Le Prix d'un enfant*, Robert Laffont, 1993.

Quand le livre paraît, c'en est trop. La riposte est encore plus brutale. Un magazine littéraire encense Matzneff en une. À l'intérieur, en encadré, un court entretien avec le grand écrivain assassine notre livre iconoclaste. Josyane Savigneau, responsable du *Monde des livres* puis longtemps responsable de la culture, interroge l'idole : « Un "livre" écrit par des inconnus vous attaque avec une grande brutalité, non ? » Et Matzneff de soupirer : « Oui, et surtout avec une grande vulgarité ! »

À l'époque, l'écrivain, protégé, était intouchable.

J'ai longtemps désespéré. Et puis, dans le courant de l'année 1993, il s'est passé quelque chose d'inouï, passé complètement inaperçu. Qui s'en souvient ? Une dépêche de l'AFP, un titre, quelques mots : Alain Juppé,

Premier ministre d'alors, déclarait la lutte contre la pédophilie comme une « priorité nationale ». Soudain, les gendarmes ont renforcé leurs enquêtes, les juges leur instruction, les tribunaux leurs condamnations, et la presse a commencé à briser le silence. Soudain, plus personne ne trouvait cela « glauque », le débat, enfin, allait devenir public.

Qu'est-ce qui fait qu'un livre, vendu à cinquante mille exemplaires, donc plutôt lu, et un dossier entier dans un grand hebdomadaire parisien n'aient provoqué, au mieux, que le malaise et, au pire, la raillerie, le mépris et une chasse à la sorcière ?

Est-ce la peur du conservatisme contre lequel nous luttions un printemps en mai, le spectre du retour à l'ordre bourgeois qui paralysait nos intellectuels ? Ou précisément le conformisme de cette même bourgeoisie hypocrite pour qui tout ce qui relève de l'alcôve ne doit pas sortir de « la familia grande » et qui préfère déléguer à la mondaine le traitement discret des ballets roses ? Ou encore un reste de colonialisme intellectuel qui considère les gamins asiatiques brisés comme les derniers confettis jetables de l'Empire ?

Sans doute tout cela à la fois.

Ce qu'un livre n'avait pas pu accomplir, un autre l'a réussi, de façon spectaculaire, trente ans plus tard. Toujours cette histoire de petits cailloux blancs alignés qui finissent par paver une route. Trente ans d'intervalle, c'est à la fois rien et énorme, un espace entre deux cailloux. Une borne frontière de la mémoire, juste avant l'amnésie. Lors d'un débat public, on peut sans difficulté évoquer des faits remontant au maximum à trois décennies. Ensuite, le pont-levis de l'oubli sépare ceux qui ont vécu les évènements et les autres. Les plus jeunes ne savent tout simplement plus de quoi on parle. Question de génération. L'un se souvient d'un poing noir levé sur un stade olympique ou de la prise d'otages de la grotte d'Ouvéa en Nouvelle-Calédonie, l'autre doit le chercher dans son livre d'histoire. L'un n'a jamais oublié l'affaire Matzneff, l'autre la découvre. Seules les victimes ne bénéficient pas du délai d'amnésie.

Trente ans, il faut trente ans, pour être capable d'oublier le monde passé et en inventer un autre. Le temps d'une nouvelle génération débarrassée des travers de la précédente. Peine de mort, environnement ou pédophilie, impossible de changer une génération. Et c'est désespérant. Reste qu'on peut – et c'est porteur de tous les espoirs – préparer celles à venir.

Le Consentement, publié en 2020, a l'efficacité du talent et surtout la puissance du témoignage personnel. Vanessa Springora avait quatorze ans quand elle a rencontré Gabriel Matzneff. Trente-cinq années plus tard, devenue femme, elle dira l'emprise d'un quinquagénaire sur une enfant, sa vie de souffrance, sa honte, et le véritable visage de Gabriel Matzneff.

Dès sa publication, le tollé est général. Matzneff fait la une de la presse, mais plus sous l'angle du romancier à succès. Non seulement plus personne ne qualifie le combat de puritain ou de réactionnaire, mais les journaux qui l'ont autrefois défendu se demandent comment l'affaire a pu rester taboue aussi longtemps. Les commentaires citent parfois en contrepoint « un article de presse en 1993 », voire un livre paru à la même époque. Je n'ai pas eu le cœur à twitter pour en revendiquer l'origine. Et surtout pas à me joindre au concert des procureurs qui se poussaient du coude. Le plafond de verre de l'hypocrisie venait d'exploser, l'époque de l'impunité était révolue, cela suffisait. Marie-France pouvait cesser d'enrager. Et moi de ruminer.

Le chemin est encore long. Le tourisme des « personnes non accompagnées » n'a jamais cessé à Bangkok ou à Manille, il s'est fait seulement plus discret. À charge pour la nouvelle génération de journalistes de poursuivre un travail commencé d'ailleurs avant nous, bien avant, par d'autres plumes. Dont un certain Charles Perrault qui, le premier, dès 1697, avait déjà osé tout dire sur les loups, les crocodiles et les Matzneff en concluant, dans le langage de l'époque, par une « moralité », son conte du *Petit Chaperon rouge* :

> On voit ici que de jeunes enfants
> Surtout de jeunes filles
> Belles, bien faites et gentilles,
> Font très mal d'écouter toutes sortes de gens,
> Et que ce n'est pas chose étrange,
> S'il en est tant que le loup mange.
> Je dis le loup, car tous les loups
> Ne sont pas de la même sorte ;

Il en est d'une humeur accorte,
Sans bruit, sans fiel et sans courroux,
Qui privés[1], complaisants et doux,
Suivent les jeunes demoiselles
Jusques dans les maisons, jusques dans les ruelles[2] ;
Mais hélas ! qui ne sait que ces loups doucereux,
De tous les loups sont les plus dangereux.

---

1. Familiers, proches.
2. Lits.

Point de rupture

Paris, 2008

Cela devait arriver, forcément.

Les avions d'aujourd'hui vont beaucoup trop vite. À l'heure du décollage, on contemple par le hublot le pays en flammes que l'on quitte, en écoutant le pilote donner la météo à destination, ciel bleu, quelques nuages, bonne visibilité, pas de turbulences. Les hôtesses glissent sur la moquette, se penchent vers vous – thé ou café ? – et des sièges épais offrent un sommeil sans plomb. Les reporters d'autrefois, sur le chemin du retour, prenaient le temps d'écrire leurs articles bercés par le tempo rustique de wagons en bois ou d'un vapeur traversant l'océan. L'occasion de boire un cocktail au bar en soirée, de fumer un cigare sur le pont et de rencontrer sur la passerelle une inconnue qui chavirait en écoutant leurs histoires romanesques. Joli fantasme.

Moi, après une brève nuit à rayer la troposphère dans une carlingue d'acier, je me retrouvais sur le pavé parisien. Perdu.

Sur le terrain, j'étais moi. Ici, je ne savais plus.

Les autres me pressaient de questions auxquelles je ne savais pas répondre : « Dis-moi, en un mot, c'est comment là-bas ? », « Quelqu'un m'a dit… tu confirmes ? ».

Tout dire en un mot, un seul ? Manière de dire qu'on n'a pas le temps d'écouter, pas de temps à perdre. Une guerre, une population, une histoire, oui, bon. Allez, trêve de bavardages, sois sobre pour une fois, tes papiers sont toujours trop longs ! Un mot suffira, un seul, le mot-clé qui permettra d'asséner une formule définitive au prochain dîner parisien.

Au fait, tu repars quand, et où ?

Repartir… moi qui n'étais pas encore revenu. Les autres considéraient mon air absent. Un homme a marché sur la lune. Va dormir, ça ira mieux, mon vieux.

En revenant de guerre, j'aurais aimé me transformer en une vache normande qui, après avoir ingurgité trop d'herbe grasse, se couche à l'écart au bout du pré pour prendre le temps de ruminer.

Mais non. Tu repars où ?

J'ai, chez moi sur un mur, un agrandissement de la célèbre photo de Richard Peter sen., prise en 1945 à la fin de la guerre. Elle me donne le frisson. L'image montre le résultat des bombardements alliés les 13 et 14 février – encore un jour de Saint-Valentin – sur la ville de Dresde. Deux jours à peine pour raser une ville, il faut mettre les moyens. On y voit un panorama en noir et blanc à l'infini d'immeubles fondus et de rues effacées, châteaux de sable après l'orage, une ville entière délavée par l'acier.

Le plus saisissant n'est pas là, mais au sommet de la tour de l'hôtel de ville où se trouve un « ange » épargné, étrangement intact. Une grande statue de pierre d'un personnage au visage doux, son bras droit écarté du corps, tête penchée sur le chaos qu'il montre de sa main ouverte, dans un geste d'exposition et d'accueil de la douleur du monde. En réalité, l'ange n'en est pas un. Puisque l'œuvre du sculpteur allemand Peter Pöppelmann s'intitule *L'Allégorie de la bonté.*

Cela devait arriver. Forcément.

Je n'ai jamais eu la faiblesse de me croire invulnérable. Quant aux géants, le départ un brin soudain de mon colosse de père m'a décillé sur leur nature d'argile. « On est puceau de l'horreur comme on l'est de la volupté », a écrit Céline. Ce précoce mais salutaire dépucelage m'a préservé pour toujours de la tentation de l'hubris. Simplement, quelque chose avait changé en moi. Un déplacement lent et régulier, suite de glissades qui me poussait hors du quotidien et du temps des horloges.

Paris-Alger-Paris-Sarajevo-Paris-Kigali-Paris-Bagdad… je tournais comme une boule folle aux quatre coins du billard. Il se trouve que j'en revenais chaque fois apparemment sans dommages et rendais ma copie à l'heure et sans fautes d'orthographe. Bon soldat, toujours prêt à devancer l'appel, le genre à être déjà dans l'avion alors que la rédaction se posait encore la question de mon départ. Des centaines de vols, une vie en décalage horaire, le tour de plusieurs planètes en guerre et… rien.

Pas même une blessure grave. Et surtout pas ce que je redoutais le plus : l'enlèvement, cette claustration terrifiante dont la caractéristique paradoxale est de vous plonger dans l'ombre des otages d'un lointain cachot, mais de vous propulser soudain en pleine lumière dans votre pays d'origine. Jusqu'à retrouver son propre portrait affiché – aïe ! non, pas ça ! – au fronton de l'Hôtel de Ville. La célébrité par l'absence.

Alors des secousses bien sûr, des brutalités, un coup de poing ou de crosse ici ou là, un tympan en feu, le choc des explosions qui ébranlent jusqu'à la moelle des os, le souffle d'un missile Tomahawk qui vous soulève du sol et vous projette à plusieurs mètres, grain de sable collé sur le mur d'en face. Oui, des brutalités, et le long catalogue des virus exotiques, et l'épuisement des nuits sans sommeil. Rien de très méchant. La chance. Ou plutôt le manque de chance.

Rien qui aurait pu m'arrêter, m'obliger à me poser sur un lit d'hôpital, m'accorder une rupture, le répit de l'immobilité forcée, le temps de réfléchir. Rien qui m'octroie ce pas en arrière sur le ring qui permet de retrouver la bonne distance. Trop de combats enchaînés. J'aurais dû aller au tapis. J'étais toujours debout, du moins je le croyais. Grossière erreur. « Si tu vois clair, tu ne sais pas ce qui se passe », prévient le poète.

Sur le terrain, je m'en remettais à l'expérience, qui n'est que l'inventaire de nos échecs, et au besoin permanent de repousser les limites. Je glissais sur les frontières comme un escargot sur le fil d'un rasoir. Le monde n'était finalement qu'une série de cercles concentriques à franchir. Au centre, un rond noir, mon point de départ, mon appartement, le journal, Paris. Le premier cercle est délimité par la frontière à franchir ou l'aéroport d'arrivée et l'hôtel, piège confortable à fuir le plus vite possible. Le deuxième englobe les rues de la ville en crise, peuplée de barrages et de cerbères qui vous interdisent d'aller plus loin. Le troisième, espace désertifié, marque le début de la zone de non-droit. Là, je commençais à m'y retrouver. Le dernier cercle, une fois le tout dernier obstacle franchi, ouvre sur un monde hors des lois et de la raison commune. Le chaos. Et nous donne cette sensation unique de parvenir à destination, d'être enfin à sa place.

Le retour, lui, n'est qu'une fuite honteuse.

Oublier les regards, les mains qui se tendent, les amitiés nées dans la fournaise. S'arracher, décrocher, refluer. Vite ! Le journal s'impatiente. Et franchir en détalant tous les cercles en sens inverse. Une désertion.

Je croyais être de retour, sain et sauf. J'étais KO debout. Tel un boxeur forcené abruti de coups, conscient d'avoir perdu toute chance de vaincre, mais qui refuse obstinément de quitter l'arène. En redemande. Parce qu'il ne sait plus rien faire d'autre et que la banalité du quotidien civil le renvoie à son chaos personnel qu'il a hâte de noyer dans le chaos collectif, celui de la guerre, là où les tourmentés, les fous et les assassins font partie du décor. Soldats, reporters ou humanitaires, ils sont nombreux ces invisibles, en mouvement perpétuel. Ils vivent en désordre, ne reviennent « chez eux » que pour s'enfermer dans l'attente d'un nouveau départ, et repartent soulagés, croyant combattre le mal par le mal. Jusqu'à l'effondrement final. Et la disparition. Les invisibles finissent toujours par se volatiliser.

J'ai commencé à grogner. Une photo mal légendée, une phrase coupée dans mon papier, celle à laquelle je tenais le plus évidemment, un retard de parution, un regard de biais, une lueur d'ironie, et je m'emportais, traitant mes amis de la rédaction comme des sentinelles ennemies. Le troisième étage résonnait de mes saillies et il fallait toute la patience de Laurent pour encaisser mes colères venues d'ailleurs. Je ne parlais plus, je vociférais, m'isolais. Tombait bien, les autres me fuyaient.

Dans la rue, je ne supportais pas qu'on me frôle. Toute cette foule gluante sur les trottoirs, ces gens qui vous collent, vous pressent, vous bousculent ! Au restaurant, je m'asseyais dos collé au mur du fond, un œil sur l'entrée, l'autre sur l'issue de secours, guettant l'attaque. Je dormais peu et mal, refusant l'alcool et les tranquillisants, débilitants, mais me saoulant de café noir, serré, ma drogue, et fumant sans discontinuer de longs cigares dont le double avantage est de vous embraser et de faire fuir les autres. Toujours en alerte, reniflant le danger, le piège, redoutant la faiblesse, le moment de vulnérabilité, veillant, dormant et écrivant les poings serrés. Invivable.

La nuit, une fois ma porte verrouillée et les rideaux tirés, les murs miroirs de ma chambre me renvoyaient un kaléidoscope d'images de fantômes. Ils défilaient tous, à la fois effrayants et familiers, fidèles, presque amicaux. Mon squelette de Beyrouth ne quittait pas son air étonné. Debout sur une barque du Sri Lanka, je me demandais pourquoi le mitrailleur indien de l'hélicoptère à cinquante mètres au-dessus de moi m'avait fixé aussi longtemps, doigt sur la détente, avant de décrocher. Le soldat irakien carbonisé dans son camion au Koweït posait sa tête sur l'épaule de son ami chauffeur. Tout comme la fille de cette vieille Colombienne assise sur le sol devant sa ferme de montagne, deux femmes statufiées par la fine couche de boue du volcan d'Armero qui venait d'exploser. Tout cet amour, toute cette tendresse. Pourquoi faut-il attendre le dernier moment pour dire aux autres qu'on les aime ?

Parfois, il faisait très froid, la glace des souterrains des services de la sécurité à Bagdad, cachots sépulcres, portes plombées et murs décorés de crocs de boucher. À Chatila, au contraire, l'air bouillait, là où les tueurs avaient laissé les femmes palestiniennes, jambes écartelées, gonfler au soleil. Et ces magnifiques chevaux, droits, figés, cabrés, comme une protestation. J'aurais bien aimé que les mains et les doigts cessent de vouloir m'agripper. Les mains des Hutu au barrage et les doigts blanchis qui transperçaient l'herbe de la prairie de Phnom Penh.

J'aurais sans doute pu tout accepter, tout encaisser, si on avait laissé les enfants en dehors de tout cela. Mais non. Il a fallu qu'on me tende des poupées fripées sur une pente du Kurdistan, qu'on me pousse face au visage blême d'un gamin de Gaza auréolé de fleurs. Et puis il y a eu les tee-shirts de Mickey et de Superman, des pyjamas de coton dans lesquels dormaient ces enfants handicapés d'un refuge au Liban-Sud, mis à l'abri dans le sous-sol d'un immeuble que le missile israélien venait d'effondrer. Et cette montagne de terre et de ciment, le sable qui gorgeait leur bouche, bombait leurs lèvres. Et leurs tee-shirts du monde de Disney.

Les enfants sont mon talon d'Achille et je ne suis pas Achille.

Cela devait arriver. Forcément.

J'étais en guerre. J'avais oublié mon objectif du départ : approcher la *chose*. La rendre familière, la domestiquer pour me débarrasser de son spectre terrifiant. Ne plus être objet, mais sujet. Elle m'avait rattrapé, la sournoise. Et me faisait payer mon extraordinaire prétention à croire qu'on pouvait maîtriser le feu. Je brûlais de l'intérieur et les cendres n'étaient pas belles à voir. Les autres décampaient, les délicats du journal plissaient leurs lèvres de dégoût, un paysan, un rustre on vous dit, de la race des parachutistes, certains me détestaient. Mes amis s'inquiétaient. Lâche prise, dis-nous, parle ! Mais non. Gémir n'est pas de mise.

Mon univers familial a fini par exploser. Par ma faute, bien sûr. Une femme soleil, deux filles magnifiques. Méritent pas ça. Je ne savais plus que rompre, blesser, abîmer. La guerre détruisait, je détruisais. Le point de rupture se rapprochait.

Walid, mon combattant d'élite, soldat-croupier du casino libanais de Jounieh, s'était retrouvé à quatre pattes sous une table de caserne après avoir été surpris par un simple claquement de fusil, la balle de trop, la goutte de trop. L'obus américain à Bagdad qui a frappé la chambre au-dessous de la mienne était sans doute de trop lui aussi. J'ai croisé une femme photographe qui portait une sorte d'entonnoir en acier planté au milieu du front, une journaliste japonaise hystérique qui essayait de m'embrasser. J'ai respiré l'odeur de moquette brûlée, aperçu le gros trou dans le balcon et me suis agenouillé devant le corps d'un caméraman ukrainien ouvert du pubis au sternum. Comme je plongeais mes mains dans son ventre en guise de pansement, un faisceau de lumière blanche, nacrée, m'a aveuglé tel un projecteur. Une voix intérieure m'a intimé : mets-ça de côté, c'est l'heure d'envoyer ton article. J'ai traversé le lobby, une grande tache blanche et nacrée devant les yeux, lumière vive qui me transperçait le front. Une partie de moi courait, je l'entendais haleter, l'autre se tenait immobile, placide, presque amusée par cette précipitation grotesque.

Au retour, il m'a fallu six mois pour me rappeler que je possédais une vieille Austin oubliée dans un parking public. J'ai erré tout l'été sans écrire une ligne avant que la rédaction me rappelle qu'un journal ne vivait pas de pages blanches. En conférence, quelqu'un a évoqué les mystères du Hamas à Gaza. Le temps de franchir tous les cercles, j'y étais. Faisant confiance, une dernière fois, à la vieille potion du mal par le mal.

Dans le ciel, jour et nuit, les missiles des chasseurs israéliens tournaient à l'affût des signaux des téléphones satellites. Dans un appartement clandestin, un jeune chef du Hamas a retiré mécaniquement la batterie de son téléphone portable avant de me confier qu'il se considérait comme déjà mort. Et j'ai failli lui dire que moi aussi.

« Et après ? » aurait demandé la dame en bleu.

Après, madame, je n'avais plus le choix. « Mourir ou mentir, il faut choisir », a écrit Céline. Rester au fond à clapoter dans la vase ou tenter de résoudre le mystère et se poser la seule question qui vaille : quelle est cette *chose* qui nous tue sans blessures apparentes ?

À l'époque, personne n'en parlait. Je dis « à l'époque » malgré un temps récent parce que l'époque n'est pas une question d'années, mais de mentalité collective. À l'époque, donc, peu de gens savaient. Le trauma était tabou. Normal. Par nature, il est indicible et inaudible. Le grand-père n'a jamais parlé du Chemin des Dames, le petit-fils se tait sur l'Algérie des djebels et Primo Levi a fini « désireux de voir tout finir et de finir nous-mêmes ».

Ceux qui en sont frappés n'arrivent pas à *dire* et, quand ils le balbutient, les autres lui intiment de se taire. « Toute cette horreur… arrête, s'il te plaît ! » L'un peut pas, l'autre veut pas. Le silence est un piège.

Ajouté à cela le déni. Pas nous, disent les soldats, nous sommes durs, entraînés et armés, notre métier. Pas nous, disent les reporters, nous ne tuons personne et passons, le temps de prendre des notes. Pas nous, disent les humanitaires, nous soignons, impensable de nous plaindre alors que le monde agonise autour de nous.

Restent ceux qui savent, mais n'en parlent qu'entre eux. Des spécialistes, emmurés dans des colloques savants réservés aux initiés. J'ai forcé la porte de ces psychiatres militaires, dévoré leurs ouvrages, fouillé les archives et interrogé leurs patients, victimes pétrifiées par le mal. Sept ans d'enquête. Autour de moi le déni ou l'ironie, voire le mépris. Le trauma ? Allons donc, laissons cela aux faibles, aux lâches, qu'ils changent de métier, voilà tout ! Faut pas abîmer le mythe. Les plus sincères écarquillaient les yeux, interdits et sceptiques : la *chose*… de quoi parle-t-on ?

Pour avancer, je me rendais régulièrement chez mon psychiatre militaire préféré, François Le Bigot, devenu pratiquement aveugle, qui me recevait dans son appartement plongé dans l'obscurité où je me cognais à tous les meubles. Dans sa grotte lumineuse, mon aveugle clairvoyant décryptait les principes du mal. Les Grecs anciens le savaient déjà : « Ni le soleil ni la mort ne peuvent se regarder en face », a dit Héraclite, repris par La Rochefoucauld. L'homme n'a pas le droit de voir la *chose* en face, sauf une fois, au moment ultime, sans retour. Tabou. Le trauma n'est pas un simple traumatisme, une brutalité de l'âme, le spectacle du cadavre d'un homme, un vilain accident de la route ou une fin de vie dans un lit d'hôpital, mais bien une rencontre fulgurante face à face avec la mort. L'Horreur. Le *Néant* de la mort. Or nous n'avons pas de mot pour dire le *Néant*.

Quand l'homme perd les mots de l'humain, il se trouve exclu de l'humanité. Ne reste que l'image. Image fixe, obsédante, infernale. Le trou noir du canon du fusil qui le visait, le regard qui s'en va de l'ami blessé à mort, l'odeur du charnier dans lequel il a pataugé. Image dégradante, sale et assassine. La *chose* le tue : « J'ai vu la mort, je me suis vu mort, je suis mort. » Aussitôt, une autre question l'assaille. S'il n'est plus, que fait-il encore parmi les humains, ni mort ni vivant, Lazare empêtré dans ses bandelettes ?

Nous ne vivons que parce que nous nous croyons éternels. Sinon à quoi bon manger, travailler, faire l'amour ? Désinvolture. Le traumatisé, lui, a perdu cette « insoutenable légèreté de l'être ». Il sait. Et sa survie devient un calvaire. Torturé par la même image, insomniaque redoutant la nuit, ce sommeil qui le mettra inévitablement face à son cauchemar, toujours le même, terrifiant. Vivant, mais coupable d'être toujours là quand ses frères de combat, eux, sont bien morts et enterrés. Pourquoi eux et pas lui ? Certain que la *chose* est partout, que le temps n'a aucune importance, qu'elle l'attend, qu'il lui appartient.

Le plus sidérant dans cette affaire est qu'il ne s'agit pas d'une maladie rare, allogène, exotique, mais d'un mal courant universellement partagé. Les psys le constatent, les textes anciens le disent et les bibliothèques l'attestent, des récits de l'Antiquité à nos champs de bataille contemporains, des tranchées de Verdun aux rizières du Vietnam, voire au cœur des forêts d'Amazonie où les féroces Jivaro réducteurs de têtes en souffrent eux aussi. La *chose* frappe partout, de tout temps. Elle a décimé les rangs des combattants, des reporters, des humanitaires, de tous ceux qui l'approchent. On la retrouve même au coin de la rue, au hasard d'un attentat ou d'un tremblement de terre. Elle peut frapper devant les murs de Troie ou dans une salle de concert du Bataclan. Elle existait depuis la nuit des temps, taboue, mais universelle. À la fois parmi nous et hors de notre perception. Sorte de cinquième colonne dans une cinquième dimension. Elle était là et on ne la voyait pas. Pourquoi ? Parce qu'on ne voulait pas la voir.

Sauf pour les damnés, passés de l'autre côté du miroir.

Damnés ? Oui, mais pas fous. Le trauma n'a rien à voir avec la maladie mentale. C'est une blessure de l'âme provoquée par une balle invisible. Un risque du métier. On ne traite pas un blessé de fou, on le soigne. Comment ? D'abord en l'écoutant pour lui permettre de retrouver la parole. En lui redonnant accès aux mots de *l'humain* : « Nous ne tenons entre nous, humains, que par la parole », disait Descartes. Des mots à la place de l'image. Ses propres mots à la place de l'horreur. Travail de psy. Le traumatisé se soigne par la parole. Une fois le cauchemar mis au jour et emballé dans les mots, il sera temps de s'en débarrasser comme de la poussière sale qu'on glisse sous le tapis.

Comme pour toute blessure grave, il faut un thérapeute averti. Pas un psy de salon qui va lui demander s'il se caresse souvent le ventre en pensant à sa maman. Il s'agit de le traiter en urgence pour ne pas que son état s'aggrave, qu'il devienne fou, alcoolique, drogué ou pendu au bout d'une corde. Céline, soigné, ne serait peut-être pas devenu l'écrivain génial de *Voyage au bout de la nuit*, mais il se serait épargné *Bagatelles pour un massacre* et n'aurait pas fini sa vie dans la haine de soi et des autres. La haine des Juifs.

Alors, oui, il faut permettre à l'humain traumatisé de cicatriser et de guérir, pour renaître. « Écrire, c'est brûler vif mais c'est aussi renaître de ses cendres », dit Blaise Cendrars. Survivre ne sert à rien, il faut revivre. Aussi bien qu'auparavant. Mieux, même ! Parce qu'une fois libéré du monde des enfers d'en bas, il sait désormais quel est le prix exorbitant de la vie. Et de la lumière d'en haut.

Les migrants ne savent pas nager

Île de Lampedusa, Sicile
février 2016

Elle s'est posée juste au milieu de l'écran de mon ordinateur au moment même où j'écrivais. Je l'ai chassée de la main. Elle s'est envolée. Est revenue, têtue, au même endroit. Il n'y a rien de plus gênant qu'un insecte au milieu d'une phrase. En plus, j'ai horreur des mouches. Dans le désert, elles sortent de nulle part pour torturer le marcheur assoiffé, tourmentent les blessés et ne respectent pas les morts. La tentation était forte de l'écraser. J'ai renoncé.

Après tout, cette mouche n'était pas là à notre départ de Lampedusa en Sicile et elle n'est apparue qu'à douze milles des côtes d'Afrique. Pas de doute, c'est une mouche libyenne. Elle est chez elle. Même si elle a décidé de quitter la côte et de prendre le large pour venir se réfugier sur notre navire l'*Aquarius*. Cette mouche têtue, agaçante, mais perdue, appartient à la race des insectes migrants. Alors, j'ai repris mon écriture et elle est allée se poser sagement à côté de ma machine sans plus déranger. Bien plus gênante est cette mer qui roule des vagues puissantes et joue les « machines à laver », du nom que les marins donnent aux hublots submergés par la lessive d'une lame.

Une semaine plus tôt, j'étais sur le quai du port de Lampedusa, mon sac sur l'épaule, en attendant l'arrivée de l'*Aquarius*. Un bateau pour secourir les migrants en Méditerranée ? Le pari était risqué. Avec une première mission début février, en plein hiver, sur une mer hostile. Plus une équipe composite, des marins ukrainiens, une femme médecin et une poignée de sauveteurs en herbe. Et ces embarcations à la dérive, têtes d'épingle sur l'eau dans une mer démontée capable d'avaler le *Titanic* dans ses creux. Bon, il était clair que nous étions là pour essuyer les plâtres d'une mission improbable. Le tout initié par une association alors inconnue du public, SOS Méditerranée, gérant un gros navire-hôpital au coût d'entretien à faire pâlir un comptable suisse, et des fonds à trouver d'urgence pour ne pas passer le printemps à quai au moment même où les vagues de migrants allaient déferler en Méditerranée.

La marche du monde suivait son cours, les guerres se portaient plutôt bien, l'État islamique avançait ici, reculait là, *Charlie-Hebdo* venait d'être attaqué et les Français embrassaient leurs policiers, coup de foudre passager, l'Ukraine et les pro-Russes signaient des accords de paix en papier sous l'œil de Poutine qui préparait sa grande guerre. La Grande-Bretagne du Brexit redevenait une île, la planète se réchauffait encore, mais avançait toujours en boitant. Bref, le train-train habituel. Ah, s'il n'y avait eu ces migrants ! Des années que l'Europe faisait tout pour ne pas les voir et les voilà qui arrivaient, en masse, à la nage, et sans savoir nager. Alors, ils se noyaient bien sûr. Pas tous. Et les survivants racontaient des choses que nous aurions aimé ne pas entendre.

Je venais de terminer un livre, *Les bateaux ivres*, où je racontais l'odyssée de tous ceux que j'avais rencontrés, en Asie ou en Afrique, partis d'Afghanistan ou d'Irak, du Soudan, du Mali ou d'Érythrée. Chacun d'eux avait une histoire. Son histoire. Pas celle qu'on racontait partout en disant *les migrants*, comme s'il s'agissait d'un produit standard, d'une race à part. J'avais essayé de dire qui ils étaient, petits génies pour certains, fieffés salauds pour quelques-uns, simples humains pour tous les autres. Tous rêvaient d'ailleurs. Et tous ou presque se retrouvaient un jour les pieds dans le sable d'une plage de l'autre côté de la Méditerranée, prêts à affronter la grande traversée, le désert, la mer. Tous partaient. Et beaucoup d'entre eux mouraient. Trop.

Je piétinais de l'autre côté. Dans ce port de Lampedusa la sicilienne, marchepied de l'Europe, débarcadère de leur eldorado fantasmé. Et l'*Aquarius* se tenait prêt à appareiller. Ma mission était simple : battre le tambour, contribuer à faire connaître le projet et le bateau, écrire des articles, appeler les radios, réaliser un film, rapper les mots ou faire des marionnettes s'il le fallait, mais raconter, prendre le lecteur par la gorge pour l'amener sur ce bateau, au ras des vagues, là où des hommes coulaient. Sous nos yeux.

Face à un homme qui se noie, il n'y a que deux sortes d'humains, celui qui tend la main et celui qui se détourne. Pour les secourir, il fallait un bateau sur l'eau, cet hiver, tout l'été, toute l'année. Et de l'argent. Beaucoup d'argent. Donc se faire connaître.

D'emblée, j'étais conquis. L'occasion – enfin ! – de faire à la fois mon métier et d'aider. Ne plus être seulement comptable de la mort. Toutes mes années de reportage trouvaient leur sens. La vie, d'abord. La vie, surtout. La vie à tout prix. J'avais dit oui. Sans hésiter. Et la sirène de l'*Aquarius* qui appareillait retentissait en moi comme une formidable libération.

Des jours que nous voguons. Le temps commence à s'améliorer. L'équipage souffre moins du mal de mer et les visages passent du gris vert au gris clair. L'accalmie bienvenue permet de parler avec ceux que nous ne connaissons pas encore. Une chose est sûre : ce bateau est habité par un esprit et des êtres pas comme les autres.

Il y a Jean, le marin, jeune officier formé à l'École navale et habitué à la vie rude des plateformes pétrolières, qui dit avoir compris, en posant le pied sur le pont de l'*Aquarius*, la véritable nature de son métier.

Et Majd, navigant, grandi à Idlib en Syrie, réfractaire au service militaire et déserteur de la guerre, qui vogue comme on fuit les côtes en feu de sa terre natale.

Et Zenawi, photographe d'Érythrée échappé trois ans plus tôt de la dictature de son pays surnommé la « Corée du Nord de l'Afrique », qui a franchi la Méditerranée sur un rafiot en plastique, s'est installé à Nice et fait office d'interprète en arabe et en tigrinya. Lui brûle de se retrouver à bord du canot de sauvetage de l'*Aquarius*, mais cette fois du bon côté, pour tendre la main au naufragé qu'il a été.

Et Alexander, capitaine professionnel, marin et boxeur, un Ukrainien qui se détend entre deux quarts en allant défoncer un sac de sable en fond de cale.

Et Anne, notre médecin à bord, envoyée par Médecins du Monde qui a installé une véritable clinique à bord. Les camps de réfugiés et les bidonvilles, l'humanité en morceaux à recoller, elle connaît. Du solide.

Et puis il y a Klaus. Klaus Vogel, notre capitaine, allemand et protestant, sans qui ce bateau n'existerait pas. Lui voulait devenir médecin, il s'est retrouvé marin dès l'âge de dix-huit ans. À vingt-cinq, le voilà en mer de Chine, lieutenant sur un cargo, chargé de tracer la route du retour vers l'Europe. La radio signale des « boat-people » en détresse. Le jeune lieutenant veut se porter à leur secours. Son capitaine marchand lui ordonne de se détourner, mais pour les éviter. Pas de temps ni de gas-oil à perdre. Klaus n'oubliera jamais.

De retour à Hambourg, il met pied à terre. Entame de longues études d'histoire, de philosophie et d'économie à l'université de Göttingen, fonde un groupe de recherche interdisciplinaire sur la violence et obtient un doctorat avec une thèse sur « L'image médiévale de la terre et la révolution cosmographique ». À la naissance de ses enfants, il a quarante-quatre ans, une famille à nourrir, reprend la mer et la barre d'énormes porte-conteneurs chez Hapag-Lloyd, un des plus grands armateurs mondiaux. Quand il apprend que le gouvernement italien met fin, faute de soutien européen, à son opération de sauvetage « Mare Nostrum », il réalise que la mer des migrants est désormais déserte. D'autant que le souvenir douloureux de l'épisode en mer de Chine ne l'a jamais quitté.

Faut jamais contrarier un protestant allemand ! Klaus démissionne, une fois encore, à cinquante-huit ans, pas raisonnable, engage toutes ses économies dans l'achat de l'*Aquarius*, un ancien patrouilleur en mer du Nord, et remue ciel, terre et mer avec une idée fixe : créer une association de sauvetage des migrants en Méditerranée. Lors d'un bureau, il tente de convaincre le milieu des armateurs. Le silence se fait, une mouche passe, on l'écrase. Tant pis ou tant mieux ! Il fera sans eux. Un an à peine plus tard, il est là, au poste de commandement.

Intrigué, j'examine ce Germain tranquille, corps massif, œil bleu clair et barbe légère, taiseux comme un homme de l'océan, mais qui a du mal à dissimuler son trop-plein d'humanité. Lui, méfiant, pèse du regard le reporter venu du monde étrange des médias qui lui semble exotique, voire un brin suspect. Il nous faudra moins d'une heure autour d'un café noir en cambuse pour nouer une amitié qui dure encore aujourd'hui.

Jean, Majd, Zenawi, Alexander, Anne et Klaus… oui, ce navire est un creuset capable de fondre plusieurs vies ensemble.

Tiens ! La mouche sur mon bureau s'est envolée. Plus légère.

Sentinelle

Je viens de passer trois heures sur le pont, pour mon quart de veille. Au-delà, la vigilance chute. Le radar de bord ne suffit pas à repérer les petites embarcations. En l'absence d'appel de détresse, il faut absolument déceler un petit chalutier ou un zodiac surchargé de migrants avant qu'il ne coule. Le meilleur poste se situe à vingt-cinq mètres au-dessus de l'eau, sur le toit de la passerelle du commandant, juste au-dessous des pales de ventilateur du radar.

Depuis ce matin, l'*Aquarius* regarde vers le nord, moteur tout réduit, et se laisse dériver par le courant vers l'est. Je vois distinctement la côte libyenne, à vingt-trois milles de distance, et crois reconnaître les cheminées d'une immense cimenterie vue en reportage sur la route entre Tripoli et Misrata, en octobre 2011, une foire d'empoigne parée du joli nom de révolution.

Une bonne vigie divise son périmètre en quartiers. Sur bâbord arrière, je ne vois rien. La mer roule des vagues ourlées d'écume blanche qui scintillent sous le soleil. Sensation d'un vol au-dessus des nuages ou de contempler la banquise de l'Antarctique. Bâbord avant, l'obstacle réside cette fois dans cette eau qui mousse au loin sous le vent. Brouille tout.

Soudain, un petit triangle blanc dessine une coque, un bouillonnement sombre ébauche un zodiac. Puis tout disparaît. Ce n'était qu'un rond dans l'eau. J'ai passé mon quart à considérer une myriade de mirages. En cas de naufrage, la règle est simple et mortelle. Un humain tient 1 h 05 dans une eau à 4 degrés, 1 h 25 à 10 degrés. La Méditerranée, relativement clémente, laisse un peu plus de deux heures à vivre à des hommes sains, pas à des migrants déjà affaiblis par la soif, la faim, le mal de mer. Pour garder son corps à la bonne température, il faut une eau à 34 degrés, autant dire un bain chaud à la maison. Au-dessous, le naufragé, en hypothermie, délire, perd conscience et finit par renoncer à lutter. Ne pas les voir, c'est les condamner.

Hier soir, Klaus a réuni l'équipage. Nous, tous assis en cercle. Lui, derrière une table, les mains posées à plat. « Le mur de Berlin… » Silence. Quand un Berlinois vous parle du mur, on se tait. « Le mur de Berlin a tué cent trente six personnes en une vingtaine d'années… Historique. » Il pose son doigt sur la carte, dans la mer. « L'Europe, notre Europe a construit un mur invisible qui passe au milieu de la Méditerranée… Et ce mur liquide a tué et continue à tuer des dizaines de milliers de personnes. Dans l'anonymat. »

Je ne sais pas si cela tenait à la tristesse dans sa voix, au calme qui détachait chaque mot, au poids qu'un marin accorde à la rareté de la parole, mais le silence a pris soudain la consistance de la masse liquide qui battait la coque de l'*Aquarius*. On écoutait la mer. Elle nous disait que nous étions là, en sécurité, et que les autres se tenaient en équilibre instable entre la vie et la mort, pris de vertige au sommet de ses vagues. Qu'elle n'était pas responsable. Nous, oui. Et que nous n'étions plus des équipiers, mais les signataires d'un pacte commun que Klaus venait de formuler.

Premier sauvetage

Je sursaute. Soudain, en pleine nuit, le calme plat. La couchette ne joue plus les balançoires, les hublots ne sifflent plus les Hauts de Hurlevent, la coque ne gémit plus. Enfin ! Huit jours qu'on attendait la fin de cette mauvaise mer, houle lourde et prétentieuse qui se voulait aussi grosse qu'une tempête. La nuit sera sans cauchemars. Et le réveil brutal.

5 h 34, heure française. Appel du centre maritime de Rome. « Détournez-vous à vitesse maximale vers latitude 33° 26′ N et longitude 13° 37′ E, pour assistance bateau en détresse avec cent personnes à bord. » Un, puis deux zodiacs, deux rafiots, en train de couler au large des côtes libyennes. En quelques minutes, l'équipage est sur le pied de guerre. Sur la passerelle de commandement, on croise les trajectoires entre compas et radar, en route vers le premier point signalé.

Une demi-heure plus tard, ils sont là, dans un zodiac de plastique gris qui saute sur les vagues et commence à se remplir d'eau de mer. À la jumelle, on voit des formes noires, de l'eau jusqu'à la ceinture.

Les manœuvres ont été répétées des dizaines de fois. D'abord, envoyer un canot évaluer la situation. Estimer le nombre des migrants, les rassurer dans leur langue, éviter la panique et distribuer des gilets de sauvetage. Ensuite peut commencer la navette. Les enfants, puis les femmes. Épuisées, gelées, déjà affaiblies par la soif et le mal de mer.

À bord, on les débarrasse du gilet, de leurs vêtements trempés, de simples survêtements ou des blousons en nylon. On les réconforte. Une couverture, des vêtements secs, à boire, chaud. Les femmes restent calmes, regardent autour d'elles, ont du mal à réaliser que leur calvaire est terminé. Répètent « Merci, merci beaucoup ». D'autres ne disent rien, tétanisées par le froid. On me tend un bébé, emmailloté, fripé, mouillé. Crispé, je découvre le tissu. L'enfant est gelé, mais vivant.

Un homme grimace, il saigne, blessé au pied. Un autre, un colosse, en état de choc, titube, prêt à s'évanouir. On le soutient. Ils parlent anglais ou français, viennent de Gambie, du Sénégal, du Mali. Le plus jeune n'a pas quinze ans. Ils sont partis d'une plage de Libye, à minuit, par nuit noire, dans ce radeau gonflable pas fait pour naviguer. « À quoi ça sert de construire des bateaux aussi fragiles ? » demande un marin estomaqué. À l'intérieur, quelques jerrycans d'essence déjà vides, une mare de gas-oil, de vomi et d'eau salée – mélange aux émanations toxiques – et des planches cloutées qui font office de plancher. Avec leurs pointes tournées vers le haut, interdisant de s'asseoir sans se blesser.

Six heures à peine de navigation. Ce rafiot-là n'aurait pas tenu plus longtemps en mer. Mais les passeurs se fichent de la sécurité, ils sont là pour expédier leur colis sur la mer et toucher leur argent.

8 h 20, opérations terminées. Le premier sauvetage s'est bien déroulé. Sur la passerelle, Klaus scrute la mer en attendant les informations. Un second zodiac est en train de couler, perdu quelque part en mer.

J'ai regagné ma cabine, saoul de fatigue. Dehors, la mer tueuse grondait, ricanait et je ne reconnaissais plus ma Méditerranée. Pour ne pas la haïr, je me suis forcé à me rappeler ces dauphins venus à notre rencontre lors de la recherche du zodiac. Un, deux, trois, quatre puis cinq dauphins, vifs et gracieux, qui se sont placés juste devant la proue du bateau, à la toucher. Sont restés là longtemps. Jusqu'à ce qu'on trouve. Et quand nous avons enfin vu l'embarcation que nous recherchions, ils se sont écartés, à angle droit, d'un rapide coup de nageoire, avant de disparaître.

Ces dauphins-là ne nous suivaient pas, ils nous guidaient.

J'aime pas le lundi

Quand on l'a hissé sur le pont de l'*Aquarius*, il grelottait. L'un de nous lui a enlevé son blouson en mauvais nylon pour l'enrouler dans une couverture. Sous sa veste, il portait un tee-shirt blanc sur lequel était inscrit : « J'aime pas le lundi. » J'ai regardé ma montre, il était 7 h 40 ce lundi. Plus tard, les réfugiés dormaient, assommés, la tête enroulée dans une serviette éponge, ne se réveillant que pour demander à boire, à manger, une aspirine. Assiz a étalé son tee-shirt sur le pont pour le sécher, son « J'aime pas le lundi » éclatant au soleil. Torse nu, il est sec comme un migrant en cavale.

La sienne a duré sept ans. Depuis sa Guinée natale vers le Sénégal, la Mauritanie, le Maroc, l'Algérie, la Tunisie, jusqu'en Libye. Avec des allers-retours au gré des expulsions policières et du travail dans les champs. Il avait dix-huit ans en partant, il en a vingt-cinq. Assiz a survécu, il a tout encaissé. Même en Libye, le seul pays capable d'effacer son sourire d'adolescent. Il dit le racisme, les civils armés, les hommes qui vous crachent dessus, frappent et rackettent, les gosses qui vous pointent une lame sur le ventre – « Donne l'argent, sale négro ! » – encouragés par de respectables vieillards qui leur sourient. Et les maisons de torture.

Assiz a été kidnappé, vendu, séquestré, affamé, fouetté avec un câble. On lui a tendu un téléphone pour appeler sa famille en exigeant une rançon. Cela tombait bien, son village n'a pas le téléphone et sa mère pas un sou. Assiz, condamné à mort, se réveillait le matin, le corps et le visage couverts de cicatrices, attaché aux cadavres de ceux qui n'avaient pas donné d'argent assez vite. Au bout de trois mois, il a réussi à s'évader. Il s'est caché, est parvenu à récupérer huit cents euros pour payer un intermédiaire qui a encaissé l'argent… avant de disparaître. Il a trouvé l'argent pour un second voyage, et le voilà, en pleine nuit, pieds nus sur le rivage, près de Tripoli. Le passeur libyen lui montre le zodiac, gros jouet de plage posé sur la mer.

Les migrants ne savent pas nager. Ils entrent dans l'eau, pataugent, s'agrippent, se battent, coulent. « Deux ou trois noyés cette nuit-là. » Ceux qui réussissent à grimper dans l'embarcation marchent sur les clous du plancher, véritable tapis de fakir. La première déchirure du plastique est survenue dès l'aube… L'*Aquarius* est arrivé à temps. Assiz remet son tee-shirt blanc « J'aime pas le lundi » et retrouve son sourire de gosse en regardant approcher le port italien de Lampedusa : « Je me sens comme un bébé qui vient de naître. »

On n'a jamais retrouvé le second zodiac.

Plus tard, j'ai rejoint Klaus sur la passerelle. Il regardait fixement la mer.

– Ça va ?

– Non. Ça va pas.

– Le sauvetage s'est bien passé. On les a tous sortis de l'eau à temps. C'est bien, non ?

– Non. Ce n'est pas bien.

Il se fige, corps massif, ramassé, regard embué. Entre stupeur et colère.

– Klaus. Ne garde pas cela. Qu'est-ce qui… ?

Il me coupe. Furieux.

– On n'a pas le droit de traiter les hommes de la sorte !

Se détourne d'un coup.

Bien plus tard, de retour à Berlin, Klaus me confiera que ses nuits avaient longtemps été hantées par ce qu'il avait vu. Dans ses cauchemars, il tendait la main à un migrant qui se noyait. Une main que l'autre cherchait en vain à agripper. Une main glissante de mazout. Et il se réveillait en sueur au moment précis où l'homme finissait par lui échapper, s'en allant vers le fond de la mer. En le regardant droit dans les yeux.

Le prochain sauvetage

Il est déjà minuit, la mer est calme et je ne parviens pas à trouver le sommeil. Ces derniers temps, les sauvetages se sont enchaînés. Il est minuit et je sais qu'à terre, sur une plage de Libye, les migrants se préparent à tenter la grande traversée. Je les imagine parqués dans cette grande baraque dans les dunes, là où les passeurs les font attendre des jours, parfois des semaines. Cette nuit, ils sont plusieurs centaines, hommes, femmes, enfants, bébés. On les fait sortir sous escorte.

Des Libyens armés de kalachnikovs ont ordre de ne pas laisser s'approcher les groupes rivaux qui veulent leur voler leurs migrants pour les revendre, les faire travailler, les enrôler comme chair à canon dans leurs milices. Sur la plage, une demi-lune éclaire faiblement l'eau noire. Et les réfugiés découvrent cette mer qu'ils n'ont jamais vue. Derrière eux, ils entendent les détonations des combats. L'escorte contre les milices. Les passeurs leur ordonnent d'entrer dans l'eau qui leur arrive au nez. Certains se noient. En posant le pied à bord, un homme crie de douleur, le pied troué par une pointe au fond du zodiac. On s'entasse.

Il est déjà trois heures du matin. L'esquif a pris la mer, sans les passeurs – pas fous ! –, qui ont laissé la barre à un des hommes. Deux heures plus tard, le zodiac est déjà en détresse. On colle des rustines sur les boudins percés qui se dégonflent, le moteur cafouille, les planches du sol cèdent et déchirent le plastique. À bord, tous sont malades. Leurs vêtements trempés dès le départ, le vent, le froid qui les tétanise, les vagues qui les font vomir, l'obscurité sur l'eau qui les terrifie. Il est 6 h 11, l'heure où le jour pointe sur Tripoli. Le pilote a lancé un SOS et, s'il a un GPS, donné sa position.

6 h 15, message radio du centre maritime de Rome à tous les navires sur zone : « Embarcation pneumatique en détresse... »

Je ne suis plus sur l'*Aquarius*. Après un mois sur l'eau, je suis revenu à terre, mais je sais que, sur le pont du navire, les veilleurs balaient la mer de leurs jumelles pendant que le capitaine pousse les machines en affinant son cap.

Un cri. Les voilà. Ce petit point blanc là-bas qui s'enfonce dans l'eau. Ils sont à deux doigts de sombrer. L'équipe de secours met son premier canot à la mer.

Il est déjà sept heures du matin. Allongé sur un lit qui ne roule plus au gré des lames, je ne verrai pas le prochain sauvetage. Mais Klaus tient la barre et l'*Aquarius* est en place. Je peux enfin m'endormir.

Désormais, quand j'ai besoin d'oxygène, je prends la mer. Je me rappelle cette plage de Normandie où je l'ai embrassée. L'eau avait la couleur de ses yeux aigue-marine. Nous étions deux, deux grains de sable collés l'un à l'autre prêts à affronter la marée, sous un soleil d'hiver si pâle qu'on lui aurait volontiers fait du bouche-à-bouche. De la brume claire soudain a surgi une troupe de cavaliers. Ne résonnaient que le bruit étouffé de leurs sabots sur le sable et le souffle puissant des bêtes magnifiques, des chevaux bais bruns, leurs robes intactes, à peine embuées de sueur, qui emportaient leurs cavaliers dans une folle cavalcade. Les hommes s'accrochaient aux rênes, à la fois tétanisés et fous d'excitation. Et les chevaux volaient au-dessus du sable, lançaient des ruades joyeuses vers le ciel, vaporisant sur leur passage une odeur enivrante d'algues et de crottin. Le souffle d'un baiser au monde. Ces chevaux étaient bien vivants. Et nous aussi.

« Et après ? »

La question leitmotiv de la dame en bleu cette fois me serait posée avec un ton différent. Je remarquerais la profonde malice qui pétille dans ses yeux. Mon prof ne me demanderait plus d'élaborer, ni même de répondre. Le jour où nous nous reverrons, je suis sûr de la trouver assise sur son nuage blanc, face à un troupeau d'analphabètes morts sans comprendre à qui elle enseignerait le paradis.

« Et après ? » est en réalité le genre de question qui ne demande pas de réponse. Ma dame en bleu l'a toujours su. Il suffit simplement de se la poser encore et encore, un peu comme du charbon qu'on enfourne dans la chaudière d'une locomotive, seule façon de rester en mouvement en lâchant de grandes volutes de vapeur blanche. Quand le train ralentit, en raison de son poids, son inertie naturelle et du dur frottement des rails, il suffit d'une pelletée de la même question – « Et après ? » – sorte de foi du charbonnier. « La foi, c'est chercher Dieu, la religion, c'est croire l'avoir trouvé », a dit quelqu'un. Dieu, évidemment, n'a rien à voir là-dedans. Le charbon de la question n'est là que pour alimenter le mouvement permanent. En avant si possible. Même au paradis, la dame en bleu n'a sans doute pas de réponse, mais elle a toujours foi en sa question.

« Dis-moi, en un mot, c'est comment là-bas ? » persistaient à me demander les autres au retour d'un reportage. Aujourd'hui, au motif que j'ai fait plusieurs fois le tour de la planète et trempé mon doigt dans une quarantaine de conflits armés, on me pousse à conclure : « Dis-nous, en un mot, qu'est-ce que tout cela signifie ? » Qu'est-ce que je peux conclure ? Mais rien, bien sûr. Soit, des camps d'extermination nazis aux charniers du Rwanda, on pourrait se contenter d'affirmer que l'humanité n'a pas avancé d'un pouce. Que la guerre n'est pas un accident de l'histoire, « *Eine große Katastrophe* », mais un état du monde. Franchement, il n'est pas besoin d'avoir sillonné la terre pour s'en apercevoir. Suffit de consulter les archives.

Depuis la fin de la Seconde Guerre mondiale, celle qui a suivi la première qui devait être la dernière, le monde a connu environ deux cent soixante-dix guerres et conflits en tous genres, guerres de haute intensité, guerres civiles, insurrections et autres. Et une bonne cinquantaine est encore en cours aux quatre coins du globe, aimablement répartie.

Recenser, même les plus récents, constitue un exercice fastidieux. Guerre d'Irak, conflit Israël-Palestine, guerre au Liban, en Syrie, au Yémen pour le Moyen-Orient, guerre au Mali, au Tchad, au Nigeria, au Soudan, en

Érythrée, en Éthiopie, en Libye, en Sierra Leone, au Liberia, en Angola, au Congo, au Rwanda, va pour l'Afrique. Guerre en Colombie, en Argentine et au Mexique. Et celles plus éloignées de Tchétchénie, du Sri Lanka, du Timor, de Papouasie. Guerre civile, juste en face de nous, en Algérie ou celles encore plus proches en Bosnie, Croatie, Serbie. Sans compter celle qui frappe à notre porte – Dieu ! Quelle surprise ! – entre Moscou et Kiev. Étonnant étonnement. Oui, on peut se hâter de conclure que « la paix n'est pas l'état naturel des choses ». Encore faudrait-il ajouter que « la guerre, non plus, n'est pas l'état naturel du monde ». Le monde est fait des deux à la fois.

Borgne celui qui ne voit que le « monde du jour ». Borgne également celui qui ne croit qu'au « monde de la nuit ». Tout reporter est condamné à ouvrir les deux yeux. Finit par loucher, forcément. Pourquoi est-ce que les hommes font la guerre ? Parce qu'ils aiment cela, bien sûr. Histoire de fuir la banalité du quotidien pour embrasser la vie brève du guerrier Achille où chaque seconde a le goût de l'éternité. Et aussi, incidemment, parce que la guerre est un bon moyen d'élargir son territoire et d'agrandir la tribu originelle ?

« Et après ? » Il faudrait trouver un sens à tout cela ? J'en suis bien incapable. D'autres, plus illustres, ont fait le même constat. Claude Simon, prix Nobel de littérature, lors de son discours de Stockholm, a cité Roland Barthes qui citait Shakespeare : « Si le monde signifie quelque chose, c'est qu'il ne signifie rien – sauf ce qu'il est. » Allez donc demander au grain de sable de déchiffrer l'âme du fleuve qui l'emporte. Recenser les guerres et leurs morts se révèle un exercice vain : « Les statistiques ne saignent pas... » a certes dit Arthur Koestler mais en précisant : « Le détail. Le détail seul compte. »

Le détail, oui, mais le détail de l'humain.

Notre monde n'est pas bon ou mauvais, il est, le jour et la nuit, l'horreur et la grâce. Il n'est pas ce que nous en ferons, seul Dieu pourrait nous conférer ce genre de pouvoir et nous conviendrons que Dieu n'existe plus. Le monde, plus simplement, est bien ce que nous en faisons, chaque jour, chaque heure, chaque geste. Face au chaos imposé, à l'absurde – qu'est-ce qu'un chaos qui ne serait pas absurde ? – nous pouvons nous sentir fascinés par l'ombre ou tendre vers la lumière. Et notre seule issue reste la révolte, qui n'est pas la violence mais une révolte en mouvement. En choisissant de marcher de l'ombre vers la lumière, tunnels compris. Grains de sable devenus papillons.

C'est incroyablement fragile et léger un papillon, éphémère, mais beau. Ils naissent et meurent par milliards dans une indifférence cosmique. Des insectes aériens et graciles, un brin stupides, fascinés par la lumière et qui s'écrasent sur la première ampoule allumée. Pourquoi pas ? Après tout, seul un papillon peut s'échapper d'un scaphandre. Et je ne connais pas de papillon qui rêve de s'écraser sur une forme obscure.

Paris, mai 2021

J'aime l'hôpital. Parce que même la merde et le sang y embaument la bienveillance. Plus puissant que la guerre, il est le seul endroit où la férocité recule, face aux antibiotiques. Dehors, la société, ses plaies et ses plaisirs, ses règles de compétition permanente, parfois ses guérillas. Une fois passé le guichet de l'entrée d'Avicenne, tout est différent. Le son change de qualité, devient légèrement étouffé, cotonneux, hydrophile, chut, les gens ici se reposent. Les allées se remontent au pas, l'herbe du parc pousse, un peu folle, floquée du blanc des blouses des infirmières. Les malades qui claudiquent sur le gazon en clignant des yeux disent qu'on peut survivre et ceux qui poussent leur perfusion sur roulettes qu'ils veulent vivre leur vie debout jusqu'à la fin. Et les moins sérieux, qui grillent en pyjama une cigarette interdite, qu'on peut devenir vieux, mais rester d'insupportables adolescents qui n'écoutent rien, ni leur mère ni le docteur.

En passant la porte du service, j'ai hâte de me débarrasser de mes habits civils, d'enfiler ma blouse et les sabots de bois blanc. Sans paille. Pas pour jouer au docteur, mais pour retrouver la communauté des autres, ceux qui ne mettent pas les autres en joue, mais proclament la vie comme un privilège. Les meilleurs d'entre eux parlent peu et évitent les grandes déclarations d'humanité. Ils ne s'exhibent pas.

Jeanne est de ceux-là. Jeanne la passion. Pas de cet enfièvrement qui vous mène au bûcher. Une passion simple, à hauteur d'homme, pour les souffrants qu'elle sait soulager comme personne. Ses grands yeux bleu clair – qu'on aurait tort de taxer de candides – ne mentent pas. Elle sait que son tour viendra. Dans son service aux urgences, l'hécatombe de l'épidémie n'épargne personne. Jeanne est aide-soignante. Ce métier, elle l'a voulu si fort. Un poste autrefois d'assistante de direction dans une maison de retraite, un salaire confortable et puis, un jour, un coup de main à donner à l'étage aux aides-soignantes qui bercent leurs vieillards comme des nouveau-nés. Révélation.

Elle a tout connu, le bonheur et l'horreur. Le bonheur d'une unité de soins palliatifs privés où on prend le temps d'accompagner l'agonie avec grâce, jusqu'à éparpiller des pétales de rose sur le lit d'une femme décédée. Et le cauchemar d'une clinique de chirurgie esthétique du Trocadéro où les bourgeoises parisiennes pincent la boursouflure de leurs lèvres refaites en critiquant le goût du thé.

Une aide-soignante, beurk, quel sale boulot ! Dehors, les autres croient qu'elle n'est là que pour vider les seaux de merde et changer les couches. Et elle le fait. Lave les malades infectés, les soutient quand ils toussent ou vomissent du sang. Aujourd'hui, elle prendrait même volontiers les malades de la covid à bras-le-corps, mais doit désormais rester à distance, sur la défensive. Jeanne ne néglige aucune précaution, elle est aide-soignante, pas une bonne sœur qui embrasse le martyr comme un don de Jésus. Avec cette saleté de virus, la compassion peut être mortelle. Ne pas se relâcher, jamais, douze heures d'affilée, le jour et la nuit, un week-end sur deux à la tâche. Le tout pour un salaire de dernier de la classe ouvrière. Quand elle rentre chez elle retrouver mari et enfants, tout câlin lui est interdit. Allez donc repousser un gosse de cinq ans qui vient la nuit chercher l'épaule maternelle contre le vilain monstre du cauchemar.

Aider, résister, ne pas tomber malade, ne pas contaminer les autres, une tâche pour colosse. Sauf que Jeanne est fumeuse, souffre de tachycardie, brutalise son cœur qui s'emballe à deux cent cinquante pulsations par minute, et a fini par devenir allergique aux poils, aux peluches et aux fleurs. Jamais elle ne se plaint. Gémir n'est pas de mise. On lui dit : tu vas y laisser ta carcasse. Elle répond avec des mots simples qu'elle veut être là. Et que, pour rien au monde, elle ne changerait de métier.

Souvent, dans les couloirs, je la croise, toujours pressée, ses grands yeux bleus, son cœur qui bat trop vite, son corps de paysanne en sabots et son port de tête d'aristocrate, tenant à la main un seau de merde ou entourant délicatement l'épaule d'un malade. Jeanne l'insurgée, habitée par cette révolte qui n'est qu'une longue protestation contre la mort. Et je me dis qu'au banquet de Platon, si le maître d'hôtel d'en haut a bien fait son travail, une place lui est déjà réservée. La meilleure, en pleine lumière.

« Ce que l'on apprend au milieu des fléaux, c'est qu'il y a dans les hommes plus à admirer qu'à mépriser », écrit Camus en dernière page de *La Peste*.

Moi, je suis né dans une tombe lumineuse et je ne lisais pas Camus. Je n'étais pas fait pour être jardinier ou philosophe, mais vendeur de loukoums ou soignant dans un hôpital.

Plutôt l'hôpital, c'est mieux.

Paris, le 14 février 2022,
jour de Saint-Valentin.

COMPOSITION ET MISE EN PAGES
NORD COMPO À VILLENEUVE-D'ASCQ

CET OUVRAGE A ÉTÉ ACHEVÉ D'IMPRIMER
PAR CPI FIRMIN DIDOT
EN MAI 2022

N° d'impression : 168935
Dépôt légal : août 2022
Imprimé en France